마지막 유혹

원제 : 파군에스크 랩소디스

마지막 유혹

원제 : 파군에스크 랩소디스

제 6 시집

강 월 도

별첨 : 약속의 철학 (21세기 논평)

도서
출판 우리글

차 례

1. 서곡

2. 파킨슨 이야기

3. 미술관 이야기

4. 도는 이야기

5. 신화

* 청도 박일주(1910~1994)의 회화. 아름다운 계절의
풍경 : 그의 50대 전성기 28점』(유고전을 위한 화
집, 강월도 편, 예니, 1995)에서 발췌.

고요한 밤 1 잔인한 우주

- 당신은 신사이십니까?

아프지 않으니
신사병이라고 말했는데

한 순간,
한 영원한 순간
일어서지 못하고
움직이지 못할 때
움직이지 않는 우주는 너무 잔인했고

옆에 있지 않은 자가
그리웠다하고 말하겠는데

한 순간,
한 영원한 순간
옆에 있지 못하는 자,
옆에 있지 않은 자, 너무 그리웠고

움직이지 않은 우주는 너무나 고요했다.

고요한 한 순간,
영원한 한 순간.

2000. 11. 13

호랑이는 가죽을 남기고…
- 시집의 원제 '파군에스크 랩소디스'

0.1

저의 저서에서는 서문이 짧거나 없고 뒤에 부치는 글의 이름으로 하고 싶은 말을 자유롭게 써왔었는데, 이번에는 예외로 서문을 써 권두에 부치게 되었습니다.

이 시집의 제목과 읽으실 시들의 '맥'에 대해 독자님께 간단히 설명할 필요가 있다고 초조함을 느껴서입니다.

0.2 제6의 새 시집

『사랑 무한』(제5시집) 다음, 또 무엇을 쓰겠는가?
출간 1999, 2년이 지난 지금,
이제는 정년 은퇴를 하고
파킨슨 병마에 시달리는 이 마당에
뭘 더 '아름답게' 전할 수 있겠는가?

좋게 말해서,
노년기의 반성과 후회,
마지막 바램의 성찰,
그 순화,
그 성스러움이랄까.

0.3 호 파군, 필명 강월도

'파군'(Pagune)을 중국문화권에서의 '호'(號)라고 생각한지 오래 되었으나, 강월도(Waldo Kang)라는 필명을 주로 써 왔습니다.

본명은 그리 중요하지 않습니다. (여기서 한가지 부탁하고 싶은 것은 '월도'의 '월'은 달 月로 쓰지 말아 달라는 것입니다.)

'파군'은 '파의 아들', '파도의 왕자' 라는 뜻입니다.

부친의 존함이 극파 강병순(克波 姜炳順)인데, 여기서 '파'를 따, '파'의 아들이라는 의미에서 '파군'(波君)이라고 쓰기로 했습니다.

그리 어렵지 않게, '파도의 왕자', '바다의 왕자'(Son/Prin-ce of Waves, Prince of Ocean)로 읽어 볼 수 있습니다.

'끝없이 파도 이는 바다와 같이……'

'파군'과 '월도'를 한자로 어떻게 쓰느냐는 질문을 받을 때 나는 그 사람을 다시 한번 봅니다. 오늘날 우리가 한글을 쓰기로 결정한 민족인가, 나는 묻습니다.

한자로 써 놓으면 그 글자들은 한글의 발음을 독자적으로 갖지 않습니다. '공자' 또는 '모택동'은 현 중국어의 발음이 아닙니다. '파군' 그리고 '강월도'는 중국어/한자로 어떻게 쓰는지는 중국, 일본 등 한자 문화권의 그자들이 각각 결정할 문제입니다.

아래와 같은 설명을 월간 『한국 연극』(1992. 9)에 한 적이 있습니다.

1960년대 초, 라 마마 실험극장이 뉴욕 예술인 동네라는 그리니치 빌리지의 동부에서 조그마한 지하 카페를 차려 개관하였을 때 나는 거기 있었다. 연출가 앤디 밀리간 (Andi Millgan)이 유진 오닐(Engene O'Neil)의 단막극 『그 다음날 아침』 또는 장 쥬네(Jean Genet)의 『하녀들』을 올렸다고 기억한다.

그 당시 앤디 밀리간은 나의 작품 『망령들 틈에서』 (Among Dummies)를 그리니치 빌리지 서부에 있는 제3의 소극장의 원조라 할 카페 치노 극장에서 2, 3주 전에 올린 바가 있었다. 그때 라 마마 개관을 준비하던 엘렌 스튜워트(Ellen Stewart)를 객석에서 만난 적이 있다.

그녀는 카페 치노 극장에 드나들며 구경을 하다 자기 자신도 소극장을 열 마음을 갖게 되었다고 한다. 당시 20대 후반이나 30대 초반이었던 그 여자의 말 중 인상적이었던 것은 누구나 자기가 밀 수 있는 조그마한 마차를 밀어야 한다는 것이다. ("You have to find and push your own pushcart!") 카페 치노나 라 마마에서는 공연이 매주 바뀌었다. 라 마마가 개관 한지 3주째 내가 쓴 『인두 사냥』(Head - Hunting)이라는 단막극이 엔디 밀리간의 연출로 공연되었다.

그때 나의 필명은 '파군'(Pagoon, 차후로 Pagune)이었다. 엘렌 스튜워트는 나를 '파군'이라는 이름의 한국인으로 기억한다. 1970년대 유덕형, 안민수, 오태석 등의 한국 연극인들이 몰려와 라 마마에서 공연을 하였을 때 (그때 나는 뉴욕을 떠나 지방에서 교편을 잡고 있었다.) 엘렌 스튜워트가 '파군'(Pagune)이라는 이름의 한국인을 아느냐고 물었다고 한다. 그때 한국에서 온 누구도 '파군'이라는 이름의 인간을 알 리가 없었다.

1950년대 말, 1960년대 초 내가 카페 치노와 라 마마를 돌아다니며 연극을 올릴 때는 아직 이민 온 한국 교포들이 뉴욕에 별로 없었고, 오늘날과 같이 미국에서 한국 교포의 활동을 보고하는 특파원도 없었던 걸로 기억한다. 1986년 내가 『이승의 죄』(The Crime of This Life: A Day in the Life of a Chinaman in New York)[2]를 뉴욕 한 소극장에서 올렸을 때는 한국 교포들이 구경하러 왔고, 신문 특파원뿐만 아니라 KBS 특파원도 '문화가 산책' 프로그램에 소개한다고 찾아 왔었다.[3]

위의 글에서 보듯이 1960년 초 뉴욕에서 연극을 시작하는 시절 한때 나는 "파군"이라는 이름으로 알려져 있었습

---

[1] 『문의 희비극』으로 번안, 『공연과 리뷰』(장간 겨울호)에 게재, p. 149 ~ 95.
[2] 『뉴욕에 사는 차이나맨의 하루 / 원제: 이승의 죄』로 제15회 서울 연극제 (극단 실험 극장, 윤호진 연출, 문예회관 대극장, 1991. 9. 10 ~ 15) 공연.
[3] 『철학과 희비극』(현대미학사.1996), p. 204~5.

니다.

0.4 '파군에스크' (Pagunesque)

제목으로 쓴 '파군에스크'는 호 '파군'의 형용사화인데 영어권의 관점에서 'esque'를 붙인 것이다.
이는 '파군다운' 또는 '파군파적'이라는 뜻을 함유한다. 그럼 파군에스크는 무엇을 제시하나? 물론, 이 질문은 작품, 그리고 나의 생애를 접해 본 후 독자와 평론가들이 답할 과제이다.

(1) 간단히 지적해 보면,
　　이 시집에서는 죽음을 몰고 오는 파킨슨 병을 해학적으로 웃어 넘겨 보려는 좀 애매한 취향을 파군에스크로 보겠다.

(2) 다른 관점, 나의 철학에서 전면으로 추구, 강의하였던 주제는 이성의 방법, 특히 과학적 방법을 소화해 설명하는 것이었다면, 나의 주 관심은 예술, 그 창작에 집착하여 왔었다고 보겠다. 기본적으로, 이러한 이론과 창작의 관점에서 논리적 갈등을 보겠지만, 있을 법한 그러한 갈등은 심리적인 문제가 아니라는 것을 파군에스크라 보겠다.

(3) 작품 분석의 관점에서, 나의 희곡 작품들을 순수 비극으로 풀어 가지 않고 모두 '희비극'으로 끝냈다는 것, 또

이 희곡 작품들, 특히, 「뻔데기 전」, 「이승의 죄」, 「어제와 내일 사이에서」, 「인조인간」등은 자서전적 배경을 깔고 있으나 나의 생애의 '극'은 '희 비극'이 아니라, '비 희극'이라 할까. 나는 내 작품의 인물의 운명을 끝까지 살지는 않았다. 이런 점이 파군에스크의 또 다른 특징이라 지적해 본다.

(4) 나는 어느 논평에서 아래와 같이 말했다:
"부처가 말하듯 욕망이 인간의 모든 고통의 근원이라 한다면, 욕망은 또한 인간의 모든 율동의 원천이기도 하다."
나는 나 자신을 기만하지 않고 정직하게 살려고 노력해 왔다.
불교의 전통에서 말하듯 버릴 것은 버리나,
욕망의 근원을 부정하지 않으면서,
욕심, 특히 명예욕과 권력의 집착에서 벗어나 자유롭게 살려 했다.
하지만 욕망의 근원을 살리며 멋지게, 아름답게 살려 했다.
이러한 추구에서 파군에스크라는 특징을 보여주지 않았나 생각해 본다.

*「욕망, 그 가면극」(시집, 일선기획 1990, p. 17)

0.5 시학과 랩소디

신중한 순간 1장의 이론적 그리고 비평적 추구는 '시학'이라는 이름의 무게를 버틸 내용으로는 충분하지 않다는 것을 잘 안다. 이 시집은 편집하는 과정에서 시집의 제목을 '파군에스크 시학' 그리고 1장의 제목을 시학이라고 생각해 보기도 했다 '시학'(Poetics)의 본연의 뜻으로 돌아가서 모방/만드는 것에 대한 다양한 이론을 정리해 보려는 영감이 있어서였지만 아리스토텔레스의 역사적 명성에 올라타는 것을 포기했다.*

그 다음으로 제목을 위해 '파군에스크 풍경'으로 대치해 보려 했으나, 흥분할 수 없다가, 3년전 시집『자유 변주곡』을 편집 마무리 하면서 그 때에 아쉽게 포기했던 '랩소디'(Raphsody)를 이번에 다시 생각해 보았다.

'랩소디'에 관한 우리말 번역은 '광시곡'의 '광'(狂)이 영어의 랩소디 보다 더 강한, 비정상적/극단적 제의가 있지 않나 우려하며 영어 '랩소디'가 먼저 선택해 놓은 '파군에스크'의 영문 형용사 형과 적절히 교합된다 생각하고 '랩소디스'(Rhapsodies)로 간다.

이 시들이 굳이 랩소디스인가?

----

*여기서 말하는 이론적 내용문은 편집 과정에서 삭제되었음.

0.6 파킨슨과 죽음의 신화

사실 이 시집은 대부분, 지난 2년간 증세를 보이기 시작한 파킨슨 병의 심한 악화로 지난 11월 중순에 2주일 입원했다가 퇴원하면서 쓰기 시작하면서 한 달간에 쏟아져 나오는 싯귀들을 써 모은 것이다.

2년전 제5시집 『사랑 무한』을 발간한 후 별로 시를 쓰지 않고 잠잠하였는데, 지난 12월 퇴원 후 아픈 몸이 감당하기 어렵게 시 구절을 토해내듯 하루에 십여 수를 적어야 했던 어지러운 날들이 한참 계속됐다.

이 시집을 위한 재료들이 병에 시달리면서 형성됐다 보니, 그 초점이 병마의 체험에 있고 특히 2장 '파킨슨 이야기'의 시들은 파킨슨 병의 체험에서 울어나온 것이 확연한 점에서 시집의 전체적인 취향과 제목 '파군에스크'의 의의를 왜곡하지나 않을까 우려한다.

저자의 의도에서나 일반적인 인간의 생활 여건을 보아 병마의 체험을 무시할 수는 없으나, 그것이 인간 삶의 정상은 아니라고 본다. 제목의 '파군에스크'는 특별히 병과, 특히 어느 특정한 병과 연관이 없고 인간의 건전한 조화로운 삶을 무대의 배경으로 한다고 지적하고 싶다.

병으로 파킨슨은 신사의 병이라 한다. 암이나 외상같이 아픔(pain)이 없다고 생각해 본다. 지저분한 '상처'가 없다. 다행히, 파킨슨은 전염병도 아니다. 하지만 파킨슨이 심해지면서 신사답지 않은 육체의 증세를 가져 온다. (손을 계속 떤다, 등.) 몸의 움직임이 극히 제한되면서 남에게 의존하고 화장실의 지저분한 문제가 있다. 그보다 파킨슨 환자에게 견딜수 없는 고통이 있다. 움직여야 할 때 전혀 움직일 수 없는 무기력, 그것은 견딜 수 없다. 그 전에 근육이 경직되면서 몸이 조여지는 듯한 둔한 느낌, 손, 발을 떨면서 온몸이 둔해져 가는 느낌을 견디기 어렵다.

"손 좀 주세요!"

파킨슨 환자는 움직이기 위해 남의 손이 필요하다. 파킨슨은 홀로서기 연습의 연속이다. 혼자 견디는 연습을 하여야 한다.

그러다 끝이 올 것이다. 나는 다만 끝이 너무 힘없고 지저분하지 않기를 바란다. 깨끗하게 끝내고 싶다.

그 끝이 언제 오는지 나는 모른다. 의사도 모른다. 얼마나 빨리 오는지 의사도 모르는 것 같다. 막연히 기다린다는 것은 생각의 여유를 준다고 보겠으나, 이는 또 다른 형태의 고통이다.

0.7

이 시집의 제목이 편집과정에서 바꼈다. 그래 원제 '파군에스크 랩소디스'에 대한 글들이 실감을 상실했고 제거

하거나 교정해야 할 문제가 있다고 보겠다. 그러나 교정하기 않기로 했다. 그리고 새로운 제목 '마지막 유혹'에 대해선 별 설명이 필요 없다고 보겠다.

0.8

이 책은 웃으며 즐겁게 썼기에 그리 알고 웃으며 즐겁게 읽기 바랍니다.

이것 또한 '파군에스크'한 것이라 하겠네요.

1

서곡

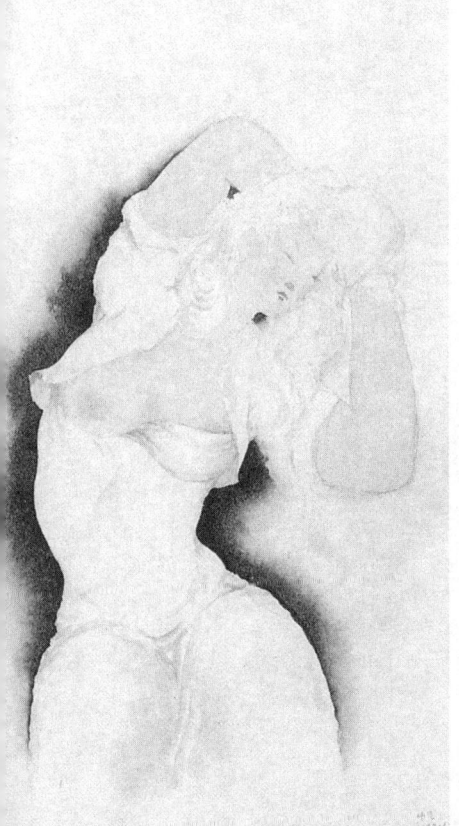

1.1

시인

시인은
병상에서도
시를 쓴다.

시인은
폭설 속에서도
시를 쓴다.

너를 위해,
너와 나, 우리 대화를 위해
시를 쓴다.

2001. 1.1

적의 이름

나는 그의 이름을 기억하지 못한다.
나의 적, 나의 맞수.
나는 잊었다,
그의 이름을.

아, 나의 이름이 무엇이던가?

사랑을 말하지 말라

사랑을 말하지 말라,
배고픈 자에게.

노래를 부르지 말라,
정적을 갈구하는 자에게.

사랑을 말하지 말라,
노래를 부르지 말라,
죽음의 문에 들어서는 자에게.

1.4

꿈의 개구리
– 조병화 선생님에게

쥐보다
개구리가 좋다.

회색 쥐 보다
청색 개구리,

네 발로 기어가는 쥐 보다
두 발로 파릿 파릿 뛰어가는 개구리가,

오늘의 인터넷 쥐 보다
내일의 새 천년 꿈의 개구리가,
잡힐 듯 말 듯
개구리가 좋다.

2000. 3. 19

1.5

음악과 감각

듣기 싫을 때,
듣기 싫은
음악은
미친 짓이다.

눈을 감아도
음악은 보인다.

1.6

세 끼 먹기

하루에 세 끼를 먹고
더 먹는 자들이 있는가 하면,

하루에 한 끼, 두 끼로
거의 연명을 하는 자도 있고,

하루에 한 끼도 못 얻어 먹고
굶는 자가 있다네.

물론, 끝에 가서 다 죽겠지만.

1.7

나는 놈 위에

뛰는 놈 위에 나는 놈이 있다면
나는 놈 위에 누가 있나?

뛰는 놈 위에
나는 놈이 있다고 했겠다.

서서 어슬렁거리는 놈 앞서
부지런히 걷는 놈이 있고

걷는 놈 앞서
그 뛰는 놈이 있었겠고

그 위 나는 놈,
아니, 그들 위 아래에는
죽은 놈들이 쌓여 누워 있겠군.

창피하게

어릴 적에
내가 너와 싸웠다고?
어떻게 내가 너와!
그게 말이 되냐.
어떻게 너와 싸워,
창피하게.
꿈깨시게!
다시는 내가 너와 싸웠다고
말하지 말게.
창피하게.

1.9

머리와 발 없는 몸체

까만 무대 배경에
흑인 같이 까맣게 분장을 하고
무대 바닥을 스치는,
수녀복과 같은
하얀 망토를 한 무용수들이 움직인다.

머리도 없고
발도 없는
하얀 몸체들이
돌아 돌아
오고 간다.

---

* 월간「춤」(2001. 6월호)의 '권두사'에서 발췌.

1.10

후기: 기억하자

기억하자,
우리 나라는 작은 나라이다.
우리 나라 말고도
지구에만도 200여 독립국가들이 있다는 것을.

기억하자,
자네 말고도
지금 지상에는 60억의 인간들이 살고 있다는 것을.

기억하자,
결국은 너 자신 말고도
다들 홀로 서 있다는 것을.

불치병 1 세월

가는 세월,
누가 막을 수 있으랴.

그건 병도 아니거늘,
그게 불치병이라니.

불치병 2 끝났다는 것

죽는다는 것,
이는 전혀 당신이 생각하는
처절한 병이 아닙니다.
살다보면 다가오는 것,
끝나는 것입니다.
다, 다 끝났다는 것,
미련은 미련한 것일 뿐.

1.13

불치병 3 니가 니 죄를 알렸다!

우리는 우리의 죄를 모릅니다.
우리는 결백합니다.
우리는 우리의 불치병을 병인 줄 모르고

병이 아니요,
불치병도 아니요, 생각하지만

알고 보면,
우리 모두 불치병을 하루 하루 살아 간다는 것을
어떻게 부인할 수 있을까요.

나이를 먹고
벗들은 떠나고,
그리고 죽는다는 것은
이게 병도 아니고
더, 더군다나 전염성 불치병도 아닌데,
이건 전혀 병이 아닌데…

때가 오면
그 때가 확실히 오고,
이게 바로 우리의 운명적 불치병이였으니,
우리 모두 끝내야 하니.

무슨 죄입니까?
우리는 우리 죄를 모릅니다.
우리는 순진합니다.

불치병 4 불행 중 다행

우리 다 결국 불치병으로 끝날 것인데
다행이도 이게 전염병이 아니고
우리의 유전자적 숙명이라 하니
불행 중 다행입니다.

전염병이었다면
우리의 그렇게 다 사랑스럽지 않은 피붙이들을,
우리의 그렇게 다 친절하지 않은 이웃들을
우리의 적으로 경계하게 하였을 것입니다.

그리고
우리 다 살인으로 죽지 않고
우리 다 결식으로 죽지 않고
우리 다 자살을 하지 않아도 좋으니
다행입니다.

불치병 5 건강하신 당신

건강하신 당신,
가엾은 인간들이 다들 불치병으로 죽어간다고
자기만을 위해 뒤로 돌아서 미소를 지으며 위로하지 마시고,
또 너무 슬피 소리내어 울지도 마십시오.

다들 의사를 찾아가
약을 먹고
운동을 하고
치유하는 법을 찾고 있으니,

건강하신 당신,
언제 피를 이웃에 나누어 주셨는지요?
언제 신장을 이웃에 잘라 주셨는지?

그리고 언제 아름다운 이웃과 사랑을 하셨는지?

불치병 6 다 찼다는 것

내 나이,
아니, 다들 "연세가 어떻게 되시는지,"라고 말하는데,
정년 퇴직을 하였으니
연세가 짐작이 가겠고
살만큼 살았으니 물러나라,
돌아가라, 그 말인데,

그래, 사실, 모든 것이 한 십 년만 더 젊었다면
다시 시작해 볼 수 있는 계산이 나오는데,
그 아무 것도 아니었던 십 년,
그냥 멋없이 지나간 십 년,
이제는 절대로 되찾을 수 없다니,
십 년 너무 늦었다니,
내 나이, 다 찼다는 것이다.
불치병의 증세가 너무 확연하다는 것이다.

1.17

불치병 7 단점

불치병의 장점은 무엇인지 잘 모르겠으나,
단점은 다른 치유할 수 있는 병을 예방한다는 것이다.
그래 재미가 없다는 것이다.

파키슨 이야기

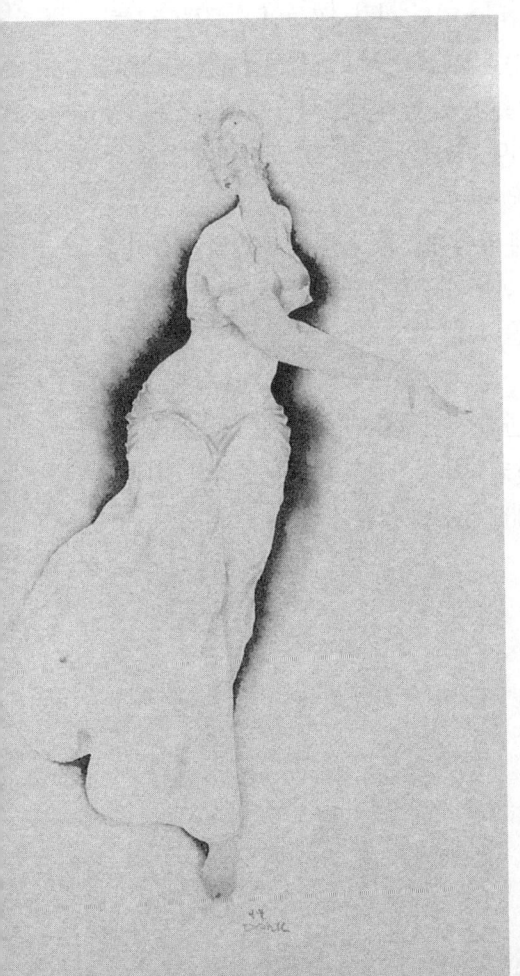

2.0

〈산문〉

파킨슨 병은 어떤 병인가?

"파킨슨 병은 중년기 이후에 발생하는 만성 진행성 운동 장애의 대표적인 질환입니다.

이 병은 1817년 영국의 의사였던 James Parkinson이 처음 기술한 병으로 서서히 진행하는 질환으로 중뇌(midbrain)의 한 부분인 흑질(substantia nigra)의 신경세포들이 선택적으로 퇴행성 변화를 일으켜 이들이 보급하는 뇌 신경전달물질인 '도파민'이 감소하면서 나타납니다. 이 병의 대표적인 증상으로 손, 발이 떨리고, 몸이 뻣뻣해지며, 행동이 느려지고 보행이나 신체 균형 조절 이상 등을 들 수 있습니다.

대부분 50-60대 이후에 발병하고 환자 중 남녀 성별의 차이는 없으나 일반적으로 60세 이후에는 100명당 1명 꼴로 이 병에 걸리는 것으로 보고되어 있습니다."

위의 인용은 파킨슨에 관해 병원에서 나누어 주는 정보지의 대표적인 견본이다. 이런 정보지에는 환자가 어떻게 생애를 끝내는지, 즉 어떻게 죽는가에 대해서는 별 설명이 없다.

2.1

뭘 할 수 있겠나?
– 파킨슨 이야기 1

죽음이라는 천사가
우리를 찾아오고 있다네.
나에게 주저없이 다가오는 것을 느끼네.

내가 다른 사람들에게 대해
이는 멀리 있는 것, 이라고 무심하게 느끼듯
얼마나 이는 나에게 피부로 느끼도록
가까이 있는 것을,
누가 알겠나.

매일 조금씩 더 가까이 밀고 다가오는 이는
나에게 너무 가까이 와 있는데
나만 알고
나는 힘이 없다네.
너무 늦었다네.
뭘 할 수 있겠나!

드라큘라와 파킨슨 환자
- 파킨슨 이야기 2

드라큘라는 해가 뜨기 전
관으로 돌아가야 한다.

우리 병자는 약효가 끝나기 전
침상에 돌아가 쉬어야 한다.

드라큘라는 해가 뜨는 시간을 잘 안다.
어느 날 해는 뜨고 빛이 그를 감싼다면
그는 어두움의 관으로 못 돌아가고
그의 흡혈의 세계는 끝난다.

우리 환자는 약효가 언제 끝날지를 기대 한다.
흥분하여 돌아가 쉴 곳을 잃고 헤맨다면,
우주는 멈추고
영원한 순간의 무력을 못 이기고
우리의 생동의 세계는 끝난다.

우리는 누구의 피를 원하지 않는다.
단지 우주가 움직이고
생동한 우주 위에서 움직이고 싶을 뿐.

살아 가겠다는 것일 뿐.

2.3

중풍 환자
- 파킨슨 이야기 3

중풍 환자입니다.
조심하세요.
돌진합니다.
충돌을 피하지 못하고
겁탈을 겁탈인 줄 모르고.

2.4

일어서시겠어요?
− 파킨슨 이야기 4

일어서시겠어요?
제 손을 잡으세요.

2.5

손 1
– 파킨슨 이야기 5

손 좀 주세요.

손 2
– 파킨슨 이야기 6

손 좀 주세요.
손 좀 주세요.
손 좀 주세요.
손 좀 주세요.
손 좀 주세요.
손 좀 주세요.
손 좀 주세요.
손 좀 주세요.
손 좀 주세요.
손 좀 주세요.
손 좀 주세요.
손 좀 주세요.
......

2.7

공원 벤치에 누워
– 파킨슨 이야기 7

다리가 떨리고
피곤해
공원 벤치에 누워
얼굴을 신문으로 덮고
편히 쉬었는데
이제 일어날까 했더니
일어날 수가 없는 것이다.
꼭 카프카의 벌레와 같이
두 손과 두 다리를 허공에서
놀릴 수 있으나
다리와 허리에 힘이 없고
일어나지를 못하는 것이다.

푸른 하늘은 높고
나무는 하늘로 치솟는데
나는 등에 편히 쉬면서
일어나지를 못했다.

누구를 불러야 했는데
움직이는 인간이 보이지 않았다.

어린아이들이 지나갔으나
그들은 도움이 될 수 없었고
한 젊은 여인이 지나갔는데
부를 수가 없었다.

어느 힘있는 자가 지나갈 법한데
그는 보이지 않았다.
아직 해는 구름 위로 떠 있으나
어둡기 전에
누가 지나가다 도와 주겠지.

등으로 벤치를
밀어 봐도
무릎의 근육이 일어서질 않는다.

누가 곧 와서
손을 주겠지.*

---

* 월간 일러스트(2001. 4월호)에서 발췌.

2.8

고요한 밤 1 잔인한 우주
- 파킨슨 이야기 8

- 당신은 신사이십니까?

아프지 않으니
신사병이라고 말했는데,

한 순간,
한 영원한 순간
일어서지 못하고
움직이지 못할 때
움직이지 않는 우주는 너무 잔인했고

옆에 있지 않은 자가
그리웠다하고 말하겠는데

한 순간,
한 영원한 순간
옆에 있지 못하는 자,
옆에 있지 않은 자, 너무 그리웠고

움직이지 않은 우주는 너무나 고요했다.

고요한 한 순간,
영원한 한 순간.

2000. 11. 13

고요한 밤 2 끝내기
- 파킨슨 이야기 9

고요한 밤,
홀로 끝내는 밤,
고요한 밤,
노래도 말도 없는 적막의 밤.

2.10

세상을 끌 수 없다
– 파킨슨 이야기 10

텔레비전을 틀어 놓고
그 속에서 달리는 영상의 연속,
그 생동의 세상은 계속 뛴다.

나는 배가 고프고
움직일 수가 없다.
텔레비전을 끌 수 없고
세상은 계속 뛴다.

바보 바보 상자
– 파킨슨 이야기 11

어린 시절
나는 재미있게 본 무성영화를 기억한다.
찰리 채플린을 비롯해서
또 누구들이었지…
무성영화라 하지만
다 잘 보고 듣고 즐거웠다,
다 잘 들었다고 기억한다.

옆집 친구 집에 가면
텔레비전을 늘 틀어 놓고 있는데
내 친구는 소리를 끄고 공부하고
놀기도 한다.
그렇다 보니 텔레비전 장면은 보이는데
소리가 들리지 않는다.
텔레비전 장면은 펼쳐 나가는데
소리를 죽이는 것은 잔인한 것 같다.
텔레비전이 보기 싫으면 끄면 될텐데.

소리 없는 무성 텔레비전은
바보 바보 상자.

2.12

두려운 자
– 파킨슨 이야기 12

내, 여기 있으니
아무 것도 두려워 말게.

그대, 여기 있으니
내, 아무것도 두려워 않으리.

두려운 자,
이 세상 두려워 하는 것 말고
두려워 할 것 없으니,
내, 여기 있느니,
그대, 여기 있으니,

두려운 자,
이 세상 두려워 하는 것 말고
다 두려워 하게.

이름 모르는 약
– 파킨슨 이야기 13

알,
크고 작은 하얀 알,
그리고 노랑, 파랑, 분홍,
하나씩 투명한 봉투에 친절히도 섞어 넣어 준
이름 모르는 약을
세 시간 간격으로 먹고
하루 하루를 관리해 온지
벌써 얼마나 되었나.
약을 먹고
조용히 누워 쉬면
편하다는 것이다,
아무 일이 없다는 것이다.

약 없이 감히 하루를 버텨보려는 생각이 두렵다.
감히, 하루를…
중독은 아니라고 생각하지만
너무 위태로워,
두려워,
그래 손, 발이 계속 떨리고
근육이 경직되어
결국 숨을 거둔다는 것인가?

하얀 알,
그리고 노랑, 파랑, 분홍,
이름 모를 약을 먹고 조용히 쉬면
편안해지고
힘 없이 편안해지면서
자꾸 피를 마셔야 한다는 생각이 든다.
귀여운 젊은 여인의 유방에서 피를 빨아 마셔야
생기를 찾을 것 같은 생각이 든다.
너무 위태로워,
두려워.

텔레비젼 연속극이 끝나고
잠들게 한다는 하얀 알을 먹고
노곤히 잠들어 자고 나면
손가락 한 마디가 녹아 떨어져
침대위에 뒹굴고 있다는 착각이 든다.

"뒷산에… 양지터를 가려,
땅에 묻어야겠구나."

아, 오늘 이름 모를 크고 작은 약을 또 먹고
하염없이 누워 쉬어야 한다니.

하얀 알,

그리고 노랑, 파랑, 분홍,
다 지겨워,
너무 위태로워,
두려워.

다음 주에
병원에 가면
의사가 색다른 약을 처방해 주려는지.

2001. 4. 11

3

미술관 이야기

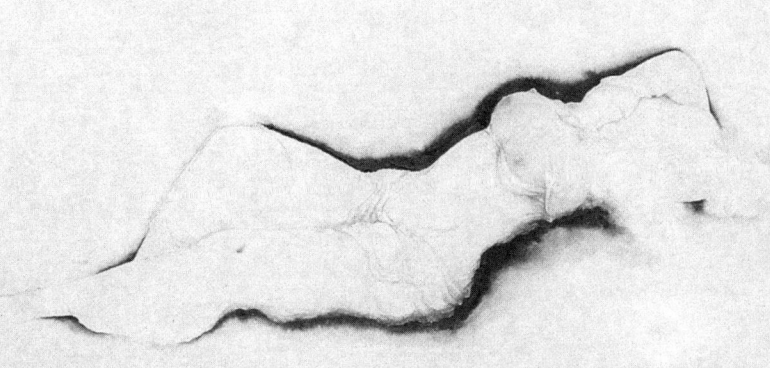

3.1

이야기와 그림
– 미술관 이야기 1

남의 이야기,
아니, 남의 그림이 아닙니다.

3.2

보고싶음
- 미술관 이야기 2

부끄러우세요?
보고싶으세요?

3.3

열려라, 문!
- 미술관 이야기 3

열려라, 문!
아래의 배꼽을 누르세요!

배꼽 아래?
아래, 아래?
아래의 아래?

3.4

끝 모를 길 1 박일주의 회화에 부쳐
– 미술관 이야기 4

그려도 그려도
끝 모를 님,
끝 없는 님······

3.5

끝 모를 길 2 박일주의 회화에 부쳐
- 미술관 이야기 5

봐도 봐도,
그려도 그려도
끝 없는 그림,
끝 모를 그림.

3.6

피카소와 피카소
- 미술관 이야기 6

너 봤어?
뭘?
그림.
무슨 그림?
저기 있는 저 젊은 화가의 그림.
누군데?
아직 혜화동 피카소를 몰라?
어, 피카소.

역겨워.

3.7

유방의 랩소디 15 그거, 신비롭지 않냐!

여자는 부라를 벗으면 다 부드럽고 출렁이는 가슴이 있다지요.
그걸 어떻게 아냐?

그거, 신비롭지 않냐!

선녀 5 좌우명

절대로,
절대로,
선녀에게
다시는
옷을 돌려 주지 말으리.

3.9

고양이 소리

집을 찾아 오는 고양이 소리인가?
밤은 깊어 가는데
님은 떠났고
하얀 눈이 내린다.

3.10

먼 산, 높은 하늘

먼- 산,
먼 산은 멀리서 보고

높은 하늘,
푸르구나.

3.11

푸른 하늘

푸른 하늘,
늘 푸르리.

푸른 하늘, 끝없이 펼쳐 있고
흰 구름, 지나가고
푸른 하늘, 하늘 거기에 펼쳐 있고
늘 푸르리.

3.12

밤, 사르리라

낮은 저물고
긴 밤이 온다
밤이 깊어 간다.

달이 기울기 전
밤을 산다.
밤, 사르리라.

밤이 잔다.

동이 튼다.
하루가 다시 시작한다.

도는 이야기

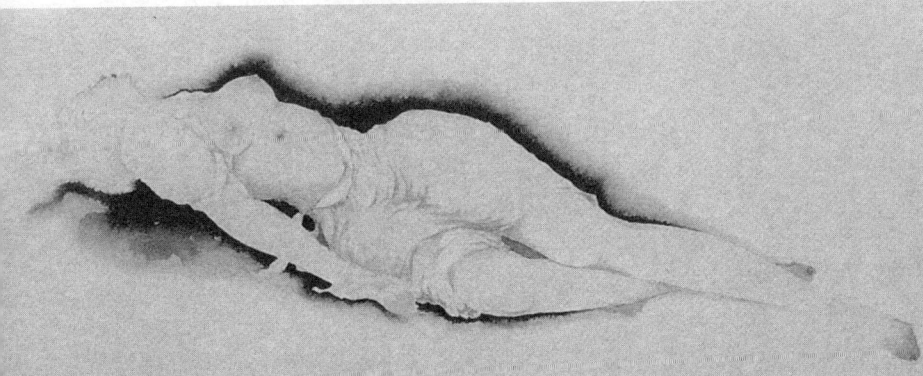

4.1

돌아야 한다고
– 도는 이야기 1

정말 돈이 돌고 돌면 좋겠네.
다들 돈은 좀 갖고 있다가
돌리고 돌리면
빙~빙~ 돌리면
얼마나 좋겠는지.

우리 조상들이 돈에 대해
뭘 좀 안 모양이지,
돈, 도는 것으로 이름지었으니.

돈은 돌고 돌아야 한다고,
빙~ 빙~ 돌아야 한다고.

4.2

조금 있었던 시절
− 도는 이야기 2

나의 왕국에
돈이 조금 있었던 시절
나는 백성들에게
조금씩 돈을 뿌려 주었다.
나는 그것이 모두에게 도움이 되리라 믿었다.
그들이 말하듯
씨알이 되고,
뿌리가 되고,
생명이 되고...

그런데 백성은 조금만 더 돈을 달라고 했다.
조금 더, 조금 더,
씨알이 되고,
뿌리가 되고,
생명이 되고...

이젠 석유가 고갈되고
왕국에 돈이 있었던 시절은 끝나고
지금 밖에는 눈이 내린다.

2000. 3. 4

4.3

도둑과 여자에 대한 사모
- 도는 이야기 3

가끔 도둑질을 하고 싶은 마음이 들지.
너무 위험한 걸 알지만.
특히 여자에 대한 사모가 끼어들면
너무 너무 위험하지.

4.4

자시지 1
– 도는 이야기 4

먹어? 먹어?
자시지.

4.5

자시지 2
– 도는 이야기 5

끝내 줄까요?
죽여, 죽여!
자시지.

하늘의 돈과 모독
– 도는 이야기 6

돈을 하늘에서 뿌리는 자는
길 가는 신사와 숙녀를 모독하네.

4.7

뭐가 빨개? 1

뭐가 빨개?
한 잔에 빨개,
엉덩이가 빨개.

뭐가 빨개?

4.8

뭐가 빨개? 2

뭐가 빨개?
산타가 빨개,
아기는 빨개.

뭐가 빨개?

4.9

뭐가 빨개? 3

뭐가 빨개?
고추가 빨개,
작은 고추, 더 빨개.

뭐가 빨개?

4.10

뭐가 빨개? 4

뭐가 빨개?
빨갱이가 빨개,
원숭이가 빨개.

뭐가 빨개?

4.11

꽃 배달

꽃 다발, 꽃 바구니,
서양 난, 동양 난,
장미, 백합, 모란,
처녀 꽃, 원조 친구,
아줌마, 노처녀,
선물 포장, 전국 배달…

유정 꽃집

예금주: 너나너나 나나나

4.12

겨울 장미

장미,
이것이 그것이었던가?

붉은 꽃, 푸른 잎,
흔적 없고
가시만 아직 남아
누구를 위협하려는지.

겨울 바람은 차고
여름의 자태를 누구도 말하지 않았다.

겨울 가고
봄, 여름 오고
아, 다시 살아난다는 것,
아, 살아 있다는 것,
그래 장미빛 계절은 다시 오려니

4.13

꽃 1 그 화창함이 잠시였기에

꽃이 활짝 피었는가 했더니,
시들어 지는구나.

그 화창함이 잠시였기에
아름다웠던가,
반가웠던가.

4.14

꽃 2 잠시 황홀했던가

추위도 물러가고
햇볕이 따스이 내려 앉는다.
꽃들이 화사히 피어
내 마음 가벼이 날 것 같것만…
그래, 반가운 봄이 왔다네.

따스한 날들이 서둘러 열을 뿜고
꽃들은 더위에 녹듯
그 화사한 자태를 잃고
잎은 하나, 둘 떨어지건만
그래, 내 마음 가는 봄이 애타네.

꽃들은 다 질 것이고
그 화사한 아름다움이 기억으로 녹아 내리겠지만
그래, 한 순간 아름다웠던가,
잠시 황홀했던가.

신화

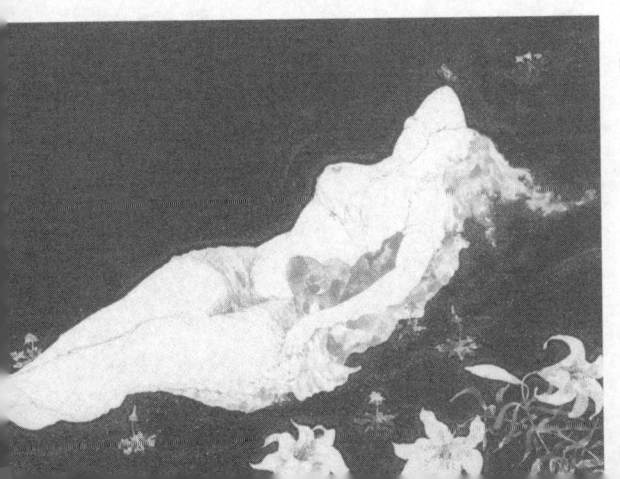

5.1

선녀의 신화
- 선녀에게 옷을 돌려 주어야 하나?

세 선녀가 지상에 내려와 옷을 벗고 계곡 폭포에서 목욕을 하였다. 그들은 비누와 수건을 갖고 내려 왔을까? 그들에게는 비누 같은 것은 필요 없나? 목욕 후에 닦을 큰 타월을 갖고 왔을까? 머리를 빗을 빗은?

산에 나무를 하러 온 나무꾼 총각이 선녀들이 목욕하는 것을 바위 뒤에 숨어서 보았다. 그는 선녀가 내려와서 옷을 벗기 시작할 때부터 보았는지? 그러면 선녀가 폭포 물에서 목욕을 하고 있을 때부터 보았는지?

이 차이점이 중요하다. 나무꾼이 선녀의 옷 하나를 감출 때 그는 그 옷이 어느 선녀의 옷인지를 알았을까? 먼저, 세 선녀가 목욕을 하고 있는데 그들을 구별해 어느 선녀가 더 귀엽다든지, 더 착해 보인다든지, 더 자극적이다든지, 그리고 그 중 어느 선녀를 선택해 백년 희노애락을 누리고 싶다는지를 결정하고 널려 있는 세 옷 중에 어느 옷이 어느 선녀의 옷인지 알고 있었는지?

혹시 세 선녀가 다 비슷비슷하고 그들의 옷도 여학생들의 교복과 같이 다 똑같은 선녀복이라 구별 할 수 없어 그냥 하나를 지게의 나무 속에 숨겼는지? (내가 거기 없었으니 자세한 사실을 다 보고 할 수 없다는 것을 이해하시리라 믿는다.)

결국 목욕을 끝내고 두 선녀는 자기들의 옷을 챙겨 입고 하늘로 돌아갔으나, 한 선녀는 옷을 찾지 못해 남게 된다.

발가벗고!

하늘로 돌아가는 두 선녀는 무정도 하지, 같이 왔던 동료 선녀를 지상에 발가벗고 혼자 남겨 두고 자기들만 떠나다니!

잘 되어간다 하고 생각하고 바위 뒤에서 나무꾼이 나타나 시침이를 딱 떼고 집에 가면 자기 어머니 옷을 한 벌 줄거라 하고는 손으로 가슴과 아래를 덮으며 돌아서는 알몸의 선녀를 덥썩 품에 안고 산을 내려 집으로 왔다.

선녀는 그가 말하는 우리말을 알아 듣고 우리말로 답을 했을까?

선녀이니까 그랬으리라.

집으로 돌아와 어머님의 도움으로 어떻게, 어떻게 선녀와 같이 살게되고 두꺼비 같은 아들과 딸을 낳고 늙어갔다.

선녀는 푸른 눈에 금발이였는데 두꺼비 같은 아이들도 푸른 눈에 금발이었단다.

나무꾼은 산에서 내려와 선녀를 어머니에 맡겨 깨끗이 빤 어머니의 헌옷을 입히는 동안 지게에 숨겨 가져온 선녀 옷을 부엌 아궁이에 집어넣어 불살라 버렸던 것이다. 어쩐지 그 선녀 옷을 숨겨 두었다가는 선녀가 찾아내든지 자기 마음이 약한 순간 돌려 줄 것 같은 느낌이 들었고 그것은 위험한 것 같았다.

선녀의 옷을 숨겨 두었다 그것을 돌려주는가 또는 돌려주지 않는가는 법적 또는 도덕적 문제이기 전에 실존의 문제였다. 그녀를 지상에 잡아두고 같이 사는가 또는 그녀를 하늘로 돌아가게 하는가는 인생의 문제였다.

그리고 여기에는 미학적 문제가 있겠다. 선녀의 옷을 돌려주지 않으면 그녀는 발가벗은 알몸으로 보는 것이다.

옷을 감추어 두었다 돌려주면 그녀는 선녀의 옷을 다시 입고 선녀로 하늘로 돌아갈 것이다. 그녀가 선녀로 하늘로 치솟아 하늘에서 다른 선녀들과 노래를 하고 춤을 추며 산다는 것, 그것을 상상하는 것도 아름다움의 극치요 우리를 행복하게 할 것이다. 멀리서 상상하고, 관조하고.

이게 다 자기가 선녀의 옷을 돌려주었기 때문에 그녀는 선녀로 돌아가 하늘의 경지에 머문다는 것을 생각하면 정말 행복할 수도 있을 것 같다.

지상에 내려와 선녀의 옷을 잃어버린 선녀는 지상에서 살아야 하고 그녀는 선녀의 옷을 벗은 여인이다. 그녀가 알몸으로 머무는 세상은 그녀가 있기에 아름다운 세상이다. 선녀의 옷을 불태우고 돌려주지 않으면 지상에 우리와 머물 것이고 우리에게 아름다운 세상을 줄 수 있다. 그녀도 우리와 행복하게 살 수 있을 것이다.

단 행복하지 않다면 그건 우리의 그리고 그녀의 문제이다. 그녀가 계속 옷을 내노라 하면… 불태워버린 옷을 숨겨 놓았으리라 생각하고 계속 찾으러 집안을 속속 뒤진다면? 그러면 그녀는 우리와 영원히 행복하게 살지 못하고…

가령 옷을 불태우지 않고 숨겨 두었다가 몇 년이 지나서 그녀가 푸른 눈과 금발의 아들과 딸을 낳고 지상에 행복하게 정착했다고 믿을 때 옷을 돌려줘 보자. 그녀는 선녀의 옷을 입고 다시 하늘로 돌아 갈 것인가? 그 또한 아름다운 세상일 수 있다. 그녀의 옷을 다시 입고 하늘로 날아오르면서 눈물을 흘리며 손을 흔드는 전경은 아름다울 것이다. 우리는 천사가 지상에 우리와 머문 나날을 기억하고 행복할 수 있으리라. 물론 우리에게 무슨 선택이 있나?

어느 시인의 '좌우명'이라는 싯귀절을 들은 기억이 난다.

"절대로,
절대로,
선녀에게
옷을 돌려 주지 말으리."

플라토닉 사랑의 신화

1.

"우리가 플라토닉 연인이라고요? 그래서 정신적으로, 육체적으로 지저분하게 사랑할 수는 없다고요. 오로지, 순수하게, 깨끗하게, 그 자체로 끝나게. 뭐 창녀같이 보상을 기대한다든지, 권력의 호의를 요구한다든지, 그래서는 안된다고요."

"다만 육체적으로, 정신적으로 순수하게, 깨끗하게, 그 자체로 끝나는 육체적, 정신적 사랑을 하는 것이라고요."

"네, 그래요. 정신적으로 순수하게, 육체적으로 순수하게, 그 자체로 끝나는 사랑. 성 춘향과 이 도령은 플라토닉 연인이 아니었지. 춘향이는 백년가약을 요구했고.....수녀가 하느님을, 예수를 사랑한다는 것도 플라토닉 사랑이 아니지. 그들은 천상의 보상을 기대하고 있으니."

"플라토닉 사랑은 지상에 사는 인간들의, 인간들과의 순수사랑이거든. 지상에서 인간은 기본 본능, 생명력과 능력으로 살아가는 것이고, 사랑은 이를 승화하는 것이지. 순수한 사랑에 어떠한 외적인 조건이나 요구를 결부 시켜서는 안되지."

"순수 플라토닉 사랑은 정신적/육체적 이분의 문제가 아니고 사랑의 순수성에 있는 거지. 지상의 인간에 사랑이 인간의 기본 생명력, 능력은 권장하고 승화하는가, 건전하게 고취하는가, 이것이 플라토닉 사랑의 기본 요소이지."

"사랑은 아름다움을,
살아있는 것을 잘 살게 하고
더 활기차게 살게 하는 것,
그것이 아름다움의 사랑이지,
조화의 사랑."*

2.
　역사적으로 신화적인 플라토닉 러브(Platonic Love)라는 순수 사랑의 개념은 「향연」(Symposium)에서 - 또는 그것의 오독/오해에서 - 유래한다고 한다. 그 순수 사랑은 우리 '중생'들이 갈구하는 그런 사랑이 전혀 아니라는 것이다. 그 순수 사랑이 무엇이라고 우리가 생각하든, 「향연」에서 플라톤이 소크라테스의 입을 빌려 - 후자는 또 디오티마라는 '여인'의 입을 빌려 - 설명한 사랑의 극치, 궁극적인 사랑은 소크라테스의 생애를 통해서 볼 수 있듯이, 우리 '중생'들이 느끼고 추구하는 사랑 (agape)에 가까울 것 같다. 「향연」에서 소크라테스가 말하는 사랑의 극치는 우리 중생의 사랑을 살아본, 그리고 살아보는 과정에서 도달할 수 있는 것이라고 본다. 그 속에서이지, 그것을 떠나거나 초월해서는 아니다.

이 연극의 알키비아데스는 소크라테스와의 마지막 극적 대결에서 소크라테스, 그의 사랑을 잘 이해하기도 했지만 동시에 오해하고 있기도 하다. 그것이 가장 좋은 의미에서의 희극이라 할 이 연극의 비극적 찰나이다.**

*『교수신문』(2001. 2. 19)에서 발췌.
**플라톤 「향연, 사랑의 신 에로스에게」 (강월도 각색, 예니, 1993. p. 4)

고려장에 대한 신화

"우리 나라에 고려장을 다시 시작하는 것 같네.
이 추운 겨울 날씨에 늙은 부모를 길에다 내버린다니."

"자네, 고려장이 정말 무엇이었는지 아나? 우리가 생각하고 있는 고려장은 진짜 고려 시절의 고려장이 아니네.

우리가 고려장이라 하면 이조 이전 고려 시대의 관습을 말하는데, 뭐 흉년이 든 지역에서 노쇠한 부모를 자식이 지게에 지고 산골에 들어가 버리고 짐승의 밥이 될 것을 알고 내려오는, 비인도적, 비인간적 관습쯤으로 알고 있겠지. 그게 그런 것이 아니네.

이조 건국 전에 백성들이 어렵게 생계를 꾸려 왔고, 유교 사상을 건국이념으로 삼은 이조 사대부들이 고려를 비하하는 정책으로 고려는 고려장 같은 비인륜적인 세습이 있었다 떠벌여댔지.

실은 자식이 노부모를 산에 지고 가 버린 것이 아니라, 노쇠한 부모들이 가계에 도움이 안되고 남들에 의존해 사는 것이 어렵자, 자기들이 산속에 걸어 들어가 죽음을 자처했다는 걸세. 그게 고려장이야."

"그게 사실인가?"

"그렇다니깐. 중요한 점은 자식이 부모를 버린 게 아니라, 부모들이 자진해서 죽을 때를 알고 집을 걸어 나갔다는 걸세."

"어허, 정말 부모들이 죽을 때가 된 것을 알고 자진해서 걸어 나가? 고려 시대가 그렇게 현명했던가?"

"그럴 수 있지. 관습으로."*

---

*『교수신문』(2001. 2. 19)에서 발췌.

5.4

3억의 할머니
- 성북동 이야기 1

날씨가 쌀쌀한 초겨울 늦은 오후
성북동 대로 등받이가 없는 나무 의자에 앉아
저녁 식사를 위해 어느 음식점을 찾아갈까 망설이며
조촐한 기분에서 글을 쓰고 있었던가.

그 옆에 허리가 꾸부정한, 쪼그라 들어가는 할머니 한 분이
신문지 등 넝마를 모아 정리하고 있지 않은가!
신문에서 그녀에 대해 읽어 보지 않았던가!
넝마를 모아 평생 저축한 3억원을
소년 소녀 가장에게 장학금으로 주었다고!

이곳에 내가 분명 먼저 와서 글을 쓰고 있었는데
언제 이 3억의 할머니가 종이 나부랭이를 들고 와
구루마에 정리하며 먼지를 날리며 부산한지 모를 일이지.
왜 하필 내가 글을 쓰고 있는 이 모퉁이에
허리가 꾸부정한 3억의 할머니가 먼지를 털고
힘든 모습을 보이는지,
하고 세상을 개탄한답시고
주머니에서 파이프를 꺼내 물고 성냥을 켜 연초를 피웠던가.

옆에 있는 구차한 3억의 할머니를 다시 보니
그녀는 간데 온데 없이 보이지 않았네.

"할머니, 날씨가 찬데요."

5.5

선택된 두 개의 모자

나에게 모자가 두 개 있네.
하나는 푸르스름한데
봄과 여름철을 위한 것이고,
또 하나는 까망색인데,
가을과 겨울철에 쓰지.
이 두 모자들이 딱 내 머리에 맞아.

"어쩐지 좋아, 어쩐지 마음에 들어,"
그 옛노래 말대로.

사실 나에게는 옷장에 쌓아둔 모자가 많지.
다들 좀 쓰다 친구에게 줄 수도 없어
남은 것들일세.

내 지론은 잘 맞는 모자 하나를 구하기 위해
한 10개는 구해 써보다 버리게 된다는 것이야.

두 선택된 모자와 내 인생,
다행히 말이 많지 않아 별 말썽이 없지.
두 개의 모자를 골라
조용히 살아간다네.

두 위상의 마누라가 아니라.

104 마지막 유혹

5.6

남녀 공동탕

자네 고향에는
남자와 여자가 같이 들어가는 탕이 있다지?

내 고향,
내 그리운 고향, 있지!

5.7

라일락의 신화 1

담장을 넘어 온
라일락이 미웠다.

5.8

라일락의 신화 2

너는 라일락을 믿느냐?

5.9

· 니체와 신

신은 죽었다.
니체도 죽었다.
고로, 니체와 신은 죽었다.

5.10

분단

누구도
분단을 원하지 않는다고 말한다.

우리는 잘 안다,
누구도 분단을 원하지 않는다는 것을.

그렇다면 분단은
보이시지 않은 신의 과오이다.

5.11

교통 사고

인류는
교통 사고로
모두 죽을 것이다.
그 동안 우리는 산다고 하는 것인가?

5.12

그것일 뿐

1.
말해서 뭘하랴,
말일 뿐.
그, 그 말 많은 말들,
과학,
법,
소설,
시,
음악,
춤,
미술이거늘.

날개를 원해봤자 뭘하랴.
비행기는 너무 거추장스러울 뿐.

해변가에 죽어 쓰러진 새들,
하늘을 누비며 날았거늘.

2.
아, 죽을 때 죽어도
날개를 펼치고
하늘을 끝없이 누볐다니.

아, 우리 말일 뿐!
하지만 우주를 위해,
영원을 위해
말을 한다니!
말일 뿐이라도
그것일 뿐.

*「동양문화신문」 (2001. 3. 31)에서 발췌.

·

문이 열린다
− 미녀도

1.
해가 진다.
황혼의 하늘이 찬란히 물들었다.
그녀는 아름답다.

그녀는 벗는다.
그럴 수 없는 천사,
그럴 수 없는 천국은
우리의 아름다운 세속의 삶,
인생의 문은 열어 주지 않는다.
비결이 아니리라.

벗고
감싸안아줄 수 없는 괴물들,
우리의 인간적, 본성적인 추구를 금하는 적들,
공화국에서 추방하고
지상에서 몰살하여야만 한다.

나의 사랑,
나의 공화국이 아니다.

우리는 정직하게 살아야 한다.
우리는 우리 자신을 기만하지 말아야 한다.
그러지 않으면 길을 찾아가지 못하리.

2.
우리를 흥분시키고
우리에게 활기를 주고
생명력을 주는 것은,
생명의 근원이고,
활기의 원천이며
우리의 이성,
우리의 질서의 원동력이다.

막을 올려라!
북을 쳐라!
노래를 불러라!
춤을 춰라!

정치 하고!
장사 하고!
농사 짓고!
약 팔고!
뛰어 논다!

공을 찬다!
배운다!
가르친다!
좋다, 좋다,
문이 열린다,
문이 열린다,

얼씨구, 아리 아리
얼씨구, 아리 아리, 지화자 좋다.
얼씨구 지화자,
얼씨구 아리 아리 지화자,
얼씨구 얼씨구 지화자 좋다.

3.
이제 해가 진다.
그대여, 침실로,
감싸는 희열을 위해,
꿈을 위해,
곤히 잠들기를.

그대여, 침실로
불타듯 얼싸안겨,
붉은 해가 찬란히 치솟는다.

5.14

다들 뭘 하고 있을까?

다들 뭘 하고 있을까?
연락도 없이,
다들 먼저 죽었을 리는 없고
어디 살아 남아 있을 텐데
연락들이 없단 말이야.

서울서 살다가
어디로 가서 숨어 산단 말인가?
나는 글을 쓰는 작가로
백과 자서전을 쓴다치자.
공무원, 군인,
장사꾼, 광대,
변호사, 의사,
다들 은퇴해서 뭘 하고 있을까?

텔레비전을 쳐다보며
쌍놈들, 연락도 없다고
투덜대고 있겠지.

5.15

만행이라!

인간사 만사, 만행이라!

(ㄱ) 기역, 가도 가도 만행!
(ㄴ) 니은, 날아도 날아도 만행!
(ㄷ) 디귿, 다들 다들 만행!
(ㄹ) 리을, 릴리리야, 릴리리야 만행!
(ㅁ) 미음, 말려도 말려도 만행!

(ㅂ) 비읍, 바보 바보 만행!
(ㅅ) 시옷, 싸워도 싸워도 만행!
(ㅇ) 이응, 웃어도 웃어도 만행!
(ㅈ) 지읒, 죽어도 죽어도 만행!
(ㅊ) 치읓, 찰라 찰라 만행!

(ㅋ) 키읔, 커도 커도 만행!
(ㅌ) 티귿, 타도 타도 만행!
(ㅍ) 피읖, 판쳐도 판쳐도 만행!
(ㅎ) 히읗, 하! 하! 만행!

(현각스님의 「만행, 하버드에서 화계사까지」를 읽고, 2001. 5. 20)

5.16

먼저 갑니다.

나는 먼저 갑니다.

6

별첨 – 철학과 제안

6.1

〈21세기 논평〉

약속의 철학

---

1. 약속의 적들, 판치는 사기꾼들
2. 약속의 사회
3. 약속의 조건: 자유와 평화
4. 약속과 과학: 일관성과 투명성
5. 아리스토파네스의 극적 신화

---

1. 약속의 적들, 판치는 사기

"이 땅에 사기꾼들이 판치는 한…"

"희망의 싹 자르고 지독한 무관심…"이라는 제목의 동아일보 "아듀 20세기: 이것만은 버리고 가자" 칼럼 (1999.12.11)에 '무임승차의식'을 버리고 '공동체 문제'에 관심을 가질 것을 호소하며 참여연대의 박원순 사무처장은 말한다. "마땅히 폭력배과 사기꾼들을 몰아내고 이 땅을 그들로부터 안전한 땅으로 만들어야 한다."고. 그럼 판치는 사기꾼들을 누가 몰아낼 것인가?

그의 사기와 추방의 담론은 참사와 이민의 이야기로 시작한다. 얼마전 국가대표 하키선수였던 김순덕씨와 그녀의 가족은 부정과 무관심이 빚어 낸 씨랜드 참사에 어린 아이를 잃고 "사기꾼들이 판치는" 조국에 대한 미련을 버리고 멀리 이민을 떠났다. 박원순씨는 말한다. "썩어 문드러진

이 땅에서 더 이상 희망의 싹을 발견할 수 없다며 떠나간 김순덕씨에게 우리는 작은 동정과 연민을 함께 보낸다."

여기서 이민의 선택이 있다는 제시를 읽을 수 있으나, '썩어 문드러진 이 땅'에 남은 박원순씨와 우리들에게 그것이 관건이 아니다. 그의 주장은 "참여하고 실천하는 '작은 용기'를 지닌 자", 시민들이 사기꾼들을 몰아낼 것이고, 그들만이 "21세기에 정의롭고 인간다운 사회를 누릴 자격이 있다."는 것이다.

누구를 몰아내고, 누구는 이민을 가는 전근대적 구분에 앞서, 박원순씨가 호소하는 '작은 용기'의 비정부(NGO) 시민참여운동은 오늘날 세계적으로 번져가며 상승세를 타고 있다. 특히, 현대 과학의 방법으로 해결해야 할 문제의 속성이 전통적 경계와 국경을 넘어 우리의 능력과 수단(과학)이 지원하는 한계로 우리의 관심과 참여를 밀고 나갈 것이다.

우리 시민들은 공동체로 함께 살기로 약속했고 현대의 맥락에서 그 약속을 지켜야 한다는 것을 의식해야 한다. 오늘날 이런 공동체의 약속은 우리가 관심을 갖고 있는, 즉, 우리가 해결해야할, 문제의 속성이 우리 공동체의 경계, '국경'을 결정할 것이다. 여기서 넓은 뜻에서의 '약속'의 개념으로 뭘 버리고 새롭게 밀고 가야 하는가에 대한 근본 문제를 짧게, 쉽게 풀어 보겠다.

2. 약속의 사회

약속 안 지키면 같이 못 산다.

"태초에 약속이 있었으니…" 이는 신화의 구세주와의 약속이 아니라, 우리 인간이 살아가는 현장에서 서로 돌보고 살아가기 위한 우리들의 약속인 것이다. 다시 말해, "우리 마음의 약속이 있었으니." 우리 마음은 우리 습관이요, 사회의 제도이다.

너는 약속을 믿느냐?
약속의 적들은 누구인가?
적들, 사기꾼들과의 동침을 거부한다.

파란 많던 20세기를 뒤돌아 보고 새로운 밀레니엄을 예기하면서 기대에 벅찬 이 순간, 우리는 '약속'을 지키며 살아갈 것을 다시 한번 다짐(약속)하자.

일상에서 약속을 한다는 것이 무엇을 뜻하는지 그리 어렵지 않게 우리는 알고 있다. 또한 약속을 늘 지키겠다는 넓은 뜻에서의 그 약속을 지키는데 별 이의를 내세우지 않을 것이다.

우리는 함께 살아야 하고, 함께 살기 위해서는 적어도 약속을 지키는 버릇을 가져야 하며 동시에 다들 그런 버릇, 습관을 실천하리라고 기대한다. 이러한 필수 조건 없이는 우리 공동체 생활은 유지하지 못할 것이다. 서로 약속을 지킨다는 것은 그저 일상적인 당연한 일이거늘...

그게 뭐 그리 어렵다니!

아니, 약속 안 지키기, 약속 어기기, 사기치기, 그게 뭐 그리도 탐나고 대범한 짓인가? 약속을 하고도 지키지 않은 배신자들, 약속을 지킬 의도도 없이 상대를 함정에 몰아넣고도 한 수 더 쳤다고 이 어수선한 세상에서 더 잘 살거라고 믿는 후안무치의 사기꾼들, 이게 결국 우리의 자화상인가? 몸에 배이고 마음 깊숙이 뿌리내린 우리의 제2의 주체인가?

새로운 밀레니엄을 예비하는 역사적 전환점에서 새로운 세기, 약속의 땅을 탐험하고 개간하기 앞서 약속의 적들, 배신의 독소, 기만의 근성을 다 토해내고 뿌리뽑아 화장을 하고, 또다시 새롭게 시작할 수 없을까?

3. 약속의 조건 : 자유와 평등

　　약속은 자유와 평등을 요구한다.

　　인류의 역사는 태초의 약속에서 시작했다. 생물의 수준을 넘어 그 핵심에는 약속의 방법이 있고 그것을 키워 지켜왔다. 우리의 말과 글, 그리고 다른 모든 사회의 구조(제도)는 약속의 법에 기반을 두었다. 그래서 인간은 사회를 초월하는 개인적, 창의적 주체이기 앞서, 그렇게 보기에 앞서, 약속의 주체, 사회적 주체라고 보겠다. 이는 우리가 인간을 '사회적 동물'이라 보아 온 전통적 관심을 재해석해 준다고 본다.

　　우리 사회생활은 핵심적 즉 중요한 부분에서 우리는 약속을 지켰기에 인류는 서로 도와가며 살아왔고 계속 서로 도와가며 같이 살아 갈 것이다.

　　세상은 변한다. 우리 기대에 어긋나는 약속, 새로운 환경에서 우리의 삶을 억압하는 약속, 새롭고 좀더 넓은 안목에서 고수할 별 의미가 없는 약속, 이런 약속을 우리는 지킬 수가 없고 해약을 하고 포기해야 한다. 새로운 약속을 위해 다시 우리는 시작해야 할 것이다. 여기에 약속을 해약·포기하는 절차의 약속이 있어야 한다.

　　약속의 개념은 쌍방의 합의를 전제하고 일방적인 강요를 거부한다. 그래서 약속의 실효는 상호간에 약속을 지킨다는 선의와 신뢰를 바탕으로 하고, 상대방에 대한 현장의 역할에 따르는 상호 존중을 가정한다.

궁극적으로, 약속의 이행은 상대방이 자신과 평등하다는 것을 인정하는 것이다. 더 나아가, 약속은 상대방을 자신 못지 않게 자유의 주체로 인정한다.

그런데 한편으로 인류의 역사는 끝없는 기만의 대결과 소극이요. 끝을 모르는 사기의 난투와 광란의 기록이다. 순간, 약속을 지키지 않은 자들, 사기치는 자들, 기만하는 자들, 배신하는 자들, 그들에 시달려 괴롭다. 심신이 떨리고 두렵다. 자연의 위력은 무섭기는 하지만 인간의 악의와 잔인성은 없다.

텅 빈 공터에서 약속이 없는 또는 약속을 지키지 않는 자와의 대결, 그 보다 더 기약 없는, 보이지 않는 협박자의 위협은 우리를 공포감에 떨게 한다. 순간, 순간 우리는 우리의 이웃을 사기치고 기만하고, 우리들이 엄숙히 선서한 약속을 지키지 못하다니!

4. 약속과 과학 : 일관성과 투명성

'과학이 약속을 지킨다.'

오늘날 현대사회는 과학에 의존해 살고 있다. 우리는 과학을 먹고 산다고 한다.

넓은 뜻에서 과학은 인류의 문화에서 생활의 요령으로 점진적으로 발전해 왔다고 보겠다. 이러한 뜻에서 과학의 방법은 인류 사회에서 포괄적으로 사용 발전되어 왔다고 보겠다.

반복하는 생활조건 속에서 인류는 살아가는 '요령' 또는 '방법'을 경험하고 반복하면서 배웠고, 간수하여 후세에 물려주었다. 과학은 이러한 '요령'의 요령, 즉 방법의 방법이라 하겠다. 과학이라 부르는 현대 방법론은 인류의 역사에 깊이 뿌리를 내리고 있고, 어느 사회에서나 현대 방법론으로서의 과학이 소개되었을 때 그것을 수용할 기반이 있다고 말할 수 있다.

과학은 인류의 공통 생계 수단이요, 세계 공동 '언어'이다. 국제적 통신과 협상은 과학을 전제로 하며, 과학적 언어를 바탕으로 실현되고 있다.

과학적 방법의 첫째 조건은 연구 대상으로 '성역'이 없다는 것이다. 궁극적으로 표현해서 과학의 탐구는 고수하여야 할 선입견 없이 자유로운 마음으로 추구하여야 한다는 것이다. 과학적 방법은 주어진 문제를 해결하는 데 있어서 문제 해결을 위해 모든 여건을 검토할 수 있어야 하고, 그러한 추구에 어떠한 외압적 전제 조건이나 해결에 장애가 되는 독단이 있을 수 없다는 것이다.

둘째 조건은 모든 인간, 또는 이성적 존재는 진리의 검증에 참여할 수 있다는 것이다. 역설적으로, 누구라도 진리의 검증을 위해 배우고 연구할 권리를 부정해서는 안된다는 것이다. 가치 문제에 있어 누구도 조건 없는 특권이나 도전할 수 없는 권위를 주장할 수 없고 모든 사회의 구성원은 참여 기회와 실천에 평등하여야 한다는 것이다.

이 두 조건은 과학의 기본 정신이고, 과학은 이런 정신을 존중하고 권장하는 사회 제도를 가정하고 요구한다. 과학은 어느 전통적 문화나 편견적 체계를 일반적으로 포기할 것을 요구하지 않으나, 우리 생활의 문제를 해결하기 위해 장애가 될 때는 어느 독단이나 편견을 포기할 준비가 된 미래지향적 자유로운 사회 구조와 전통을 요구한다, 이러한 사회제도적 뚝심 없이 과학의 발전을 기대할 수 없을 것이다.

　어느 특정한 문제를 해결하려 들기 전에 일반적으로 대부분의 학자나 지식인은 과학의 자유와 평등의 두 조건을 원칙적으로 인정한다고 본다. 누가 자유로운 진리 탐구의 기본 조건을 부정하고 진리 탐구의 명성을 주장하겠는가? 즉, 이런 첫째 조건을 부정하는 학자나 지식인과 누가 대화를 시작하려 하겠는가?

　과학의 첫째 조건은 상식적으로 합리적이고, 별 악의 없는 순박하고 순진한 조건이다.

　그러나 이 조건은 역사에 있어 자유의 원칙으로 반권위주의적 도덕률이기도 하고, 전통적 사회제도를 붕괴하는 혁명적 원칙이기도 하다. 과학의 이 조건은 무조건 고수하려는 독단이나 사회적으로 공유할 수 없는 신비주의적 주장을 용납할 수 없다.

　과학의 이 두 조건의 함축된 사회적 · 정치적 뜻은 민주 사회, 자유와 평등을 기반으로 하는 공화국을 전제하고 요구한다고 보겠다.

　약속의 관점에서 보면 과학은 약속을 지킨다는 전제(약속)에서 시작하고, 그것은 논리적 일관성의 조건이다. 이는 우리가 우리 인간의 특성으로 정의해 온 이성의 기본 개념이기도 하다.

　약속을 공개적으로, 투명하게 협의 · 정리하고, 일관성 있게 서로 지키는 것, 그것은 과학적 방법을 필수로 한다. 과학은 지킬 약속, 지킬 수 있는 약속을 정리해 준다.

　약속의 사회에서 다양한 약속들을 권장하고 다양한 약속들의 조건을 정리하고 그 약속들을 지키게 하는 과학은, 우리 현대 사회의 건전한 생활 질서와 창조적 역동력이다.

그래서 우리는 약속을 먹고 살고, 과학을 먹고 산다. 우리는 먹지 못할 약속을 삼키지 말아야 하고, 지키지 못할 약속을 삼가야 한다.

과학적 방법, 그것이 공개성, 투명성, 그리고 일관성을 바탕으로 정리한 약속을 지키지 않는, 지키지 못하는 자들, 사기꾼들은 현장에서, 더 나아가, 장기적으로 약속의 공동체에서 살아남지 못할 것이다. 그들은 약속과 이성의 (사회의) 적들이다.

5. 아리스토파네스의 극적 신화

고대 그리스의 펠로포네소스 전쟁에서 그 때의 희극 작가 아리스토파네스의 극적 재현에 의하면 전쟁에 휩쓸린 도시 공화국들의 여인들이 단합하여 평화로운 삶의 약속을 어긴 남편들과 동침을 거부하였다. 전쟁 끝내고 평화의 공동체로 돌아올 때까지, 약속을 지킨 그리스 여인들은 시민 참여 운동의 기발한 모범을 보여 주었고, 약속을 의식적으로, 적극적으로 지켜가는 그들 인간의 사회, 그들의 합창이 횃불에 불타는 산기슭 무대에서 울려퍼지는 것 같다.

새로운 세기를 위해 우리가 무슨 신바람 날 약속을 할 수 있는지, 하여야 하는지 숙고하는 마당에서, 약속 지킨다는 선서로 시작하지 못하는 자들, 약속과 평화의 적들, 그들과의 동침을 거부한다.

과학과 불교

– 현각스님의 만행

1. 만행과 담론
2. 불교와 과학
3. 불교 사상과 현대 상식
4. 과학의 방법론적 조건
5. 과학과 불교에 대해 오해
6. 종교와 과학

1. 만행과 담론

현각스님의 자서전이라 할 그의 불도 여행의 기록인 "만행·하버드에서 화계사까지"를 구해 읽어 본다하고 벼르다 근래에 기회를 갖게 되었는데 발간 일자(첫 발행 1999. 11월)를 보니 벌써 발간한 지 일 년이 넘었나 보다. 그간 한국에서 잘 소개되어 일반 대중의 관심을 받으며 판매 부수도 적지 않은 것으로 안다.

이 책은 두 권으로 나누어져 있는데 1권 36장(238페이지), 2권 24장(248페이지), 합계 60장(계 488페이지)으로 짧은 자서전적 산문집은 아니나, 하루 이틀에 흥미진진 하게 읽을 수 있는, 오늘날의 시점에서 동·서를 넘나드는 불도, 특히 한국 선불교 수행자의 여정을 기록하고 풀어주는 양서이다.

책의 내용으로 보아 자유로이 선택은 하였다 하여도 빈

번한 수행의 어려운 생활 속에서 자신의 모국어 영어가 아니라 성인이 되어 배운 우리말 한글로 쓴 것 같은데 놀랍게도 잘 쓴 인상을 준다.

이 논평을 위해 내가 관심을 갖게 된 부분은 2권의 후반부 50째 장이라 할 '서양의 불교 바람'에 이어 54째 장이라 할 '과학적이기 때문에'라는 주제이다.

오늘날 우리는 과학의 세계에서 산다고 말할 수 있다. 이를 감안해 현각스님은 과학의 세계에서, 특히 불교의 전통이 전혀 없는 서양의 과학 세계에 불교의 바람이 이는 까닭을 밝히며 동시에 불교의 전망을 검토해 볼 필요를 느낀 것은 당연하다고 본다. 진정 현대 과학의 세계에서 2,500년의 전통의 뿌리를 둔 불교가 새롭게 무엇을 할 수 있나, 불도의 새로운 수행자로써 자신에게 밝힐 의무가 있었으리라.

2. 불교와 과학

54째 장 '과학적이기 때문에'는 아래와 같이 시작한다.

"불교가 서양인, 특히 지식인들에게 폭발적인 인기를 끄는 이유는 한마디로 얘기하라고 하면 '과학적이기 때문'이라고 말할 수 있다... 과학자 알버트 아인슈타인...은...불교야말로 어떤 경지(특정한 종교)보다 높은 단계에 있다고 말했다...

불교는 물론 과학은 아니다. 불교는 인간의 동정심, 착한 마음 등 인간의 지혜에 대한 가르침에 더 큰 중점을 두지만, 그 기본 교리는 과학적 논리성과 정확성에 맥이 닿아 있다." (2권, 179페이지)

위의 인용문에서 '불교'와 '과학/과학적'이 무엇을 뜻하는지 이해하기 위해 4명제 (가), (나), (다), 그리고 (라)를 풀어 본다.

(가) X는 과학이다.
예로 (가. 1) 상대성 원리
　　　(가. 2) 1+1=2
　　　(가. 3) 섭씨 $0°$에 물이 언다.
　　　(가. 4) 나무를 불태우면 연기가 난다.

(나) X는 과학이 아니다.
　　　(나. 1) 불교 / 기독교 / 굿
　　　(나. 2) 기도 / 통곡 / 웃음
　　　(나. 3) 싸움 / 경기
　　　(나. 4) 공연 / 헌법

(다) X는 과학적이다.
　　　(다. 1) 실험한다.
　　　(다. 2) 조사한다.
　　　(다. 3) 찾는다.
　　　(다. 4) 논리적으로 설명한다.

(라) X는 과학적이 아니다.
　　　(라. 1) 기도하고 기대한다.
　　　(라. 2) 조른다.
　　　(라. 3) 도박한다.
　　　(라. 4) 거짓말을 한다.

피상적으로 아래와 같은 설명을 할 수 있다.

(가) 모두 단정적 기호들이고, 그것의 부정 가능성의 조
건이 확실하다.
(나) 모두 비단정적 기호를 매체로 하는 행위들이고, 그
것의 부정 가능성이 무의미하다.
(다) 대상의 인과관계가 정확하거나 또는 관계를 긍정·
정리해 나가는 행위들이다.
(라) 대상의 인과관계가 정확히 않은 또는 부정적이거나,
긍정적/ 진(리)의 가치가 있는/ 인 단정적 기호를
제외한 행위들이다.
상기의 (다)와 (라) '과학적이다/ 과학적이 아니다'는 방
법론적 개념이다.
(나)의 예로 '불교'는 (다)와 (라)의 예로 '불교'와 뜻이
다르거나, 현각스님이 인정하듯 (나. 1) '불교는 과학이 아
니다'가 진리의 가치를 갖는 한, (다) '불교는 과학적이다'
또는 (라) '불교는 과학적이 아니다'는 별 의미가 없다.
다시 풀어 말해 보자면, (나)의 불교와 다른 종교 (또는
예술공연)는 (가)의 "지식, 학문의 문제가 아니다."라는 것
이다. 그러므로 "불교가 과학적이다."와 같은 주장은 보티
첼리의 '비너스의 탄생' 또는 베토벤의 '교향곡 5번'이
"과학적이다."라는 주장과 같이 무의미하다는 것이다.

3. 불교 사상과 현대 상식

종교로서 불교는 과학, 학문이 아니고, 그 목적·기능이
과학적인 것이 아니라는 것이다.
위의 인용문에서 현각스님이 "불교가… 과학적이기 때

문"이라고 말했을 때 그 '과학적'의 뜻은 위에서 설명한 방법론적 개념의 정상적 의미내에서라기 보다는 상식적인 수준 또는 순진하게 찬사하는 뜻에서, 특히 불교와 기독교를 비교하는 맥락에서 상대적으로 불교가 기독교 보다 오늘날의 현대 과학의 사상 그리고 그에 따르는 상식과 "맥이 닿는다."라는 말이라고 본다. 예를 들어, 기독교의 전능, 전지, 전선의 신의 개념, 또는 창조론은 현대 과학의 사상과 모순되는 문제가 있는데, 불교는 현대 과학 사상과 정면 도전하는 개념과 이론을 고수하지 않는다는 것이다.

이러한 순진한 또는 무모한 맥락에서 애매한 과학의 이름으로 불교를 부추기는가 하면, 불교의 목적과 기능을 설명하기 위해 과학의 기능과 그 한계를 오해, 왜곡하고 있다고 본다. 그러한 점에서 불교의 목적 / 기능 자체도 왜곡하지 않았나 생각해 본다.

4. 과학의 방법론적 조건

상기의 장 '과학적이기 때문에'를 몇 줄 더 인용하면:

"과학이 인간의 의문들에 대해 해답을 주지 않은 뿐만 아니라, 오히려 우리를 더욱 냉정하게 하고 서로를 더 소외시키고 있는 것 같다."
"과학이야말로 우리가 당면한 모든 문제를 해결해 줄 도깨비 방망이라고 믿는다면 그것은 큰 오산이다. 이미 과학에 대한 맹신이 빚은 뒤틀림 현상은 세계곳곳... 나타나고 있다."
"과학이 우리 삶의 행복을 보장하는 어떤 방향을 제시해 주는 것은 더더욱 아니다. 과학은 그저...젓가락이나 숟가락, 혹은 자동차 같은 '도구'일 뿐이다." (2권, 280페이지)

셰익스피어의 햄릿 왕자가 말했듯, "호레이쇼, 하늘 아래는 자네의 철학속에 있는 것 보다 더 신비스럽고, 더 아름다운게 많이 있네." 물론, 현대 과학은 모든 것에 대해 질의를 한다고 가정할 필요도 없고, 물론 많은 것에 해답을 주지 못한다. 인간의 활동으로써 과학은 그것의 방법론적 조건과 한계를 잘 지켜야 한다. 그래서 누구의 기대나 욕설에도 불구하고 과학은 방법론적 조건과 한계를 넘어서 모든 문제에 해결책을 주지 못하고, 누구의 행복도 보장하지 못한다. 그것이 과학의 단점이요, 동시에 장점이다. *(이러한 단점이 왜 과학이 종교가 될 수 없는가를 잘 설명한다.)

이 저서에서 사실 상기의 과학의 기본 방법론적인 문제를 현각스님의 '큰스님', 숭산 큰스님이 검토하는 장면을 볼 수 있다.

한 제자가 큰스님에 묻기를 :

"과학자들은 영속적이고 반복이 가능하며 의사 전달이 가능한 경험을 토대로 세계관을 만들기 위해 노력하고 있습니다... 어떻게 하면 과학자들(의)...세계관과 참선의 관점을 하나로 절충할 수 있습니까?"

'큰스님'의 '선답'은 "아무도 (무지개를) 보지 못했다면 무지개는 없는 것이다." 이 화두는 학문/과학의 논리가 요구하는 답은 아니다.

---

* 참조: 저자의 「철학과 희비극」 (현대 미학사, 1996, p. 23~58)
「과학의 논리와 아름다운 생물의 미소」 (서울 스코프, 1998, p. 9~65)

인류의 역사를 통해, 특히 근대에 들어 과학은 우리가 우리 삶의 수단이 되는 '도구'(젓가락, 자동차, 인쇄, 컴퓨터 등...)를 만들어 살아가는데 크게 공헌을 했다고 다들 인정을 한다. 그런데 거기에 현각스님과 혹자는 '도구일 뿐'이라고 덧붙인다. 이는 심각한 오해라고 본다.

'Homo Faber', 도구를 만드는 동물을 평가 절하하는 중세적 오류를 다시 범해서는 안될 것이다. 도구/수단/해결책을 만들어 내는 능력과 방법의 방법이 우리의 미래, 세계, 가능성, 새로운 목적의 세계를 결정할 것이다. 우리의 새로운 세계, 목적과 기대는 새로운 수단, 새로운 도구가 결정할 것이다.

5. 과학과 불교에 대한 오해

현각스님은 계속한다 :

"불교는 과학보다 좀 더 근본적인 질문을 많이 한다... 그러나 마음과 실체를 표현하는 단어나 말을 찾아내기는 어렵다. 오직 수행을 통한 경험으로 찾을 수 있다..."

우리의 인식체계는 컴퓨터와 같습니다. 컴퓨터는 스스로 움직이지 못합니다. 우리의 인식 또한 '무언가'가 조종하는 것입니다... 바로 이 '무언가'를 찾는 것이 선입니다. (2권, 183페이지)

"과학 보다 좀 더 근본적인 질문..."
"표현하는...말은 찾아내기는 어렵다."
"우리의 인식(을) '무언가'가 조종하는..."
상기의 개념은 과학의 기본 방법론적 조건, 객관적 기호를 수용하여야 한다는 규범을 위배한다고 보겠다. 이는 불교의 신비주의적 경향의 노출인 것을 쉽게 볼 수 있다.

불교를 설명하고 부추기는 의도에서 현각스님이 불교, 그것의 '기본 교리'가 '과학적'이라는 주장을 해보다, 결국 그는 종교인들의 반객관적, 신비주의적 취향을 노출하고 있다. 불교나 어느 종교를 종교로서 고수하기 위해 과학을 왜곡할 필요는 없다. 과학과 종교는 인류의 역사에서 많이 왜곡되고 엉키고 설키고 복잡한 관계를 형성했지만 그 자체의 기능과 목적이 독자적으로 있다고 본다. 불교나 다른 종교를 이해하는데 그것을 학문과 혼돈하는 것은 별 도움이 안될 것이다.

"불교는 물론 과학은 아니다." 그리고 과학이 학문이라는 뜻에서 불교는 물론 학문도 아니다라고 인정한다면, 무슨 논제가 남는가?

"진리는 무엇인가?"(1권, 10페이지)

현각스님의 수행의 여정은 위의 질문으로 시작한다.

"완전한 진리가 아니란 것을 알고," 현각스님은 그의 수행을 그치지 못한다.

현대 과학에서, 그리고 과학의 한 분야로 과학과 같이 가는 철학에서 오늘날 우리는 '완전한 진리'를 추구한다고 보지 않는다.

현각스님이 수행을 통해 추구하는 것은 학문, 과학 그리고 철학이 아니고 뭔가 다른 것일 것이다.

6. 종교와 과학

「과학의 논리와 아름다운 생물의 미소」에서 나는 종교와 과학에 대해 아래와 같이 말했다. 이것을 이 논평의 끝에 부친다.

　종교는 좋게 말해서 '기도 술(術)'이고 그것을 바탕으로 하는 사회 집단 활동이다. 즉 예술과 비슷하다. 절대로 주체의 소원과 즐기려는 심신에 냉정한 학문이 아니다. 그런가 하면, 예술은 가치(소원 등) 추구로, 미적 체험으로 그 자체에서 끝나는 건전한 사회 활동이라 보겠다. 연극이나 음악 공연에 가서 공연을 즐기고 나오면 그것으로 끝이 난다. 그런데 기도의 제의는 기도로 끝나지 않고 장기적으로 '덕'이 있으리라고 감사하며 물러나는 것도 아니라 '떡'이 있기를 바란다. 기도를 하고 나면 "딸이 아니라 아들을 낳고, 남편은 이번에 당선되고, 아침에 문을 열고 나가 보니 누가(산타 할아버지?) 평생 젊게 사는 보신 약제와 현금 10억원의 선물을 두고 가고..." "그래 매일 아침 무엇보다 문을 먼저 열어본다." "아, 기도를 더 열심히 해야지. 인류를 위해 기도를 하고, 나를 위해, 나의 가족을 위해..."

　나쁘게 말해, 종교는 예술과 비슷한게 아니고 마술도 아니고, 마약과 같다. 칼 맑스(Karl Marx)가 그렇게 말했던가? "종교는 약한 자의 마약이다."라고?

　종교적 제도 속에서 마약과 같은 해독을 피하기 위해 기도 또는 명상 그 자체로 만족하고 끝내는 시도가 있다. 그러한 시도는 예술과 같이 건전하고 직접적으로 개인의 건강에, 간접적으로 사회 복지에 공헌한다고 보겠으나, 그 기도와 그 제도에 필요한 사회적 여유가 그 사회에 있다면 그것은 좋을 것이다. 그렇지 않고, 빈곤에 허덕이는 사회에서 남들의 땀흘린 생업에 의존하면서 산에 들어가 또는 수도원에 숨어 앉아 자기만의 기도, 꿈같은 명상을 누린다는 것은 기생충과 같이 사는 느낌이 있지 않을까? 그러한 기도, 명상을 위해 인류는 사회적 여유가 있기를 바란다. 하지만 어느 거룩한 이름으로나 누구도 기생의 삶을 누리지 않기를 바라리라 믿는다.

"비나이다, 비나이다!" 빌고 빌어 찾으리라 기대하지 말 것이고, 찾지 못할 것이란 것을 알아야 한다.

"찾았다! 찾았다!" (Eureka! Eureka!), 찾고 찾아, 찾은 자는 빌며 찾으려 노력했을 수도 있겠으나, 빌어서 찾은 것이 아니고 찾는 노력으로 찾았을 것이다.

찾는 것, 찾으려 노력하는 것이 자연을 정복하는 것이고, 빌고 빌며 사는 것이 자연과 조화롭게 산다는 것이라면 자연과 조화롭게 산다는 것은 고뇌와 단명을 뜻하리라.

빌고 비는 기도와 행사는 찾고 찾는 과학과 순진한 뜻에서는 무관하리라. 그러나 빌고 비는 자들이 비는 세상, 비는 대상을 찾는 세상, 찾은 세상으로 착각하고 비는 것을 찾는 것으로 오해하고 날뛸 때는 찾는 노력을 방해하고 찾으려는 자를 몰매치고 부르짖으며 소란을 필 것이니 비는 자의 행패가 사회의 건전한 전진을 방해할 것이다.

이러한 혼란의 사회는 암흑의 겨울을 벗어나지 못하리라.

6.3

자유, 그리고 불신과 불투명성

– 한 갈매기의 반성

1. "편집 방향과 일치하지 않을 수도 있는"내용
2. 남북과 호랑이: 북을 쳐라!
3. "아무도 믿을 수 없는 사회"
4. 과학의 족쇄
5. 자유와 불투명성

1. "편집방향과 일치하지 않을 수도 있는"내용

어느 언론매체와 같이 조선일보는 "본란의 내용은 본지 편집방향과 일치하지 않을 수도 있습니다."라는 문구를 여기저기 달아 책임 부인 가능성을 제시하는데 급급하다 할까? 사실, 그런 권리는 구구히 명시하지 않아도 필자의 명세와 글의 속성을 보아 독자에 의해서 뿐만 아니라 법적으로 인정될 것이다.

공교롭게도 어느 하루, 바로 오늘 4월 18일 조선일보를 읽고, 좀 더 비판적인 매체로 좀 더 선별하여 편집방향과 일치하고 책임을 질 수 있는 내용을 독자들에게 주어 정당하지 않는 내용을 읽는 부담을 덜어주어야 하지 않나 생각해 본다. (귀지의 지면을 빌어 재검토해 볼 수 있는 기회를 귀지가 배려해 주셔야 할 것 같습니다.)*

---

* 왜 조선일보는 이 논평을 게제하기를 거부했나?

2. 남북과 호랑이 : 북을 쳐라!

이상우교수(서강대 정치학과)의 '시론'에서 남북 한반도의 통일 분제를 "두 마리의 호랑이가 다투면"이라는 제목을 걸고 분석하였는데, 먼저 '호랑이'는 절대로 다투지도 않고, 둘째로, 남북을 으르렁거리며 맴도는 두 마리 호랑이에 비유했다면 그 비유가 적절한지 의문입니다. 어떻게 남북을 서로 '으르렁거리는' 비슷한 두 마리의 호랑이에 비교할 수 있는지! 우리는 한 민족이라 인정하더라도 남과 북은 광복 이후 50여 년을 극단적으로 이질적인 정치 체제를 경험하고 화합하기 쉽지 않은 두 다른 정치·경제 제도로 살고 있습니다. 우리는 역사적, 민족적 그리고 다른 복잡한 문제를 해결하기 위해 통일의 과제를 해결하려 노력하고 있습니다. 그러나 남과 북은 정치·경제체제나 정치적 속성으로 보아 같은 류의 "두 마리의 호랑이"가 아니고, 우리는 두 마리 호랑이로 "다투고" 있지도 않다고 봅니다. 동물의 비유를 굳이 주장한다면 많이 굶은 고슴도치와 하늘을 나는 갈매기가 어떨지? 고슴도치와 갈매기가 "다투는" 것을 끝내고 평화와 통일을 찾아 갈까요?

이상우교수의 "두 마리의 호랑이가 다투면"이라는 시론의 시작하는 전제는 "통일을 진지하게 논의하기 위해서는 남북한간에 평화가 정착되어야 한다."입니다. "진지하게 논의하기"가 통일을 가져 올까요? 교수에게 주어진 과업은 그것이겠으나, 독일과 루마니아를 기억해 봅니다. 통일은 현 정치·경제 체계의 붕괴가 필연적일 겁니다.

상기의 시론은 문제의 기본을 비켜간 계속 반복하고 있는 진부한 담론이었습니다. 조선일보는 이런 진부한 담론을 연재하지 말아야 할 것입니다.

북을 쳐라!
노래를 불러라!
춤을 춰라!
북으로 행진하라!

3. "아무도 믿을 수 없는 사회"

같은 날 조선일보는 또 다른 '시론', 방송인 전여옥의 "불고기집 문 닫은 사연"을 실었는데 이 시론 역시 선택한 주제, 불신의 사회, 그 문제의 기본을 비켜가고 있다고 보겠습니다.

조선일보의 '편집방향'은 이 시론의 '내용'과 일치하지 않을 수도 있겠으나, 조선일보가 이 저자를 초대하여 기고한 글을 간행, 독자에게 그것을 읽을 기회/부담을 준 책임을 부인할 수 없을 것입니다.

7년의 단골 불고기집이 광우병의 복잡한 현상에 덥친 불경기로 폐업을 한 것을 방송인 전여옥씨가 안타깝게 아쉬워하는 심정은 이해하겠지만, 그녀의 결론은 순진한 잡담으로 넘기지 않을 경우 말이 안됩니다. '시론'의 끝에 그녀는 말하기를: "쇠고기 안먹기는 아무도 믿을 수 없는 불신의 사회에서 그래도 살아야만 하는 힘없는 한국인의 처절한, 최소한의 생존법이다."

이 결론에서 그녀는 "아무도 믿을 수 없는 불신의 사회"를 운운하고 있는데, 그 의미를 충분히 이해하지 못하고 진부한 악습에서 내뱉고 있는지 모르지만, 신중하게 생각할 때 그러한 불신의 사회는 논리적으로 불가능한 개념일 뿐만 아니라 절대로 체험할 수 없는 비합리적 현상입니다.

아무도 믿을 수 없는 사회, 절대적으로 불신의 사회는 이성적으로 생각하는 인간으로서는 살 수 없는 살아 보지 못한 비현실입니다. 믿는 것, 안 믿는 것은 상대적입니다. 쉽게 말해, 누구를 믿기에 다른 누구를 믿지 않습니다. 사회적 인간으로, 아무도 믿을 수 없는 사회에서는 살 수 없습니다. 인간이 사는 세계, 사회에서 우리는 무엇인가를 믿기에 그에 반해/비교해 무엇인가를 의심하고 믿지 않습니다. 이성적 동물로서 인간의 불신은 사회적, 역사적, 미래지향적 신념을 가정합니다.

소고기를 안먹기로 결정한 힘없는 한국인도 무엇인가 믿을 만한 것을 들은 바가 있고 누구인가를 믿기에 좀 더 안전한, 나은 미래를 위해 새롭게 생존하기를 결정한 것입니다. 우리는 신뢰의 사회에서 살고 있다고 봅니다.

4. 과학의 '족쇄'

같은 날 또 다른 글 "일사일언"에서 조홍식 교수(카톨릭대학 국제학부)는 "시계와 족쇄"라는 제목 아래 2,500여년 넘은 낡은 오류의 담론을 반복하는 우를 범하게 지면을 할애하고 있다.

그가 끝에 붙인 결론적인 한탄은 아래와 같다.

"인간의 시간을 더 잘 파악하기 위해서 만든 시계라는 도구가 이제 우리를 지배하게 되었다. 지금도 걱정스러운 것은 순수하고 좋은 의도에서 나온 각종 과학기술 성과들이 앞으로 또 어떤 거대한 족쇄가 되어 되돌아올지도 모른다는 점이다."

이러한 시계가 족쇄라는 불평은 순진한 어린 아이의 철없는 소리 또는 기계를 잘 다루지 못하는 미성숙자의 짓거리가 아니라면 이는 과학 문명 발전에 대한 오래된 진부한 반론으로 풀어주어야 되겠는데, 선진국으로 발전하려는 국가의 일류 인간지에 활자화 할 논평은 아니라고 본다. 좋게 보면, 이런 질문은 강의실에서 학생들과 공부하기 위해 연습해 볼 담론이겠다.

5. 자유와 불투명성

이번에는 조선일보의 김서윤기자가 '정리한' 사설같은 컬럼, "언론 자유의 날, UN 공동메세지"이라는 글에서 논설하는 주제, '자유'에 대해 오해를 노출하고 있다.

그의 말을 부분 인용하면:

"가장 극악한 정권도 매체에 재갈을 물리거나, 매체를 조작해 시민들의 공포와 증오를 유발한다면 대중적 지지를 얻을 수 있음을 (지금까지의) 경험은 보여주고 있다."

여기서 기자는 역사를 왜곡하고 오해하고 있다고 말하겠다. 이상하다. 믿을 수가 없다. 기자가 어느 나라, 어느 정치 상황을 생각하고 있는지 모르지만, 우리나라에서 박정희가 대중적 지지를 얻었다고 보는가?

결론적인 부분에서 기자는 주제인 자유의 개념에 대해 오해의 소지가 있는 발언을 하고 있다.

"우리는 언론인들이 엄격한 직업적 기준에 따라 일하기를 촉구한다."

진부하고 순진한 발언으로 볼 수 있으나, '언론 자유'에 대한 담론의 맥락에서 "엄격한 직업적/전문적 기준보다 창의적, 자율적, 투명한(투명하고 투명할수 있는) 표현의 조건이 우선이라고 본다.

6.

끝으로, 조선일보는 왜 "만물상"이라는 칼럼에서 내용을 지적하는 제목을 주지 않는가? 조선일보를 충실히 그리고 성실히 읽으려는 독자에게 불편할 뿐더러 모독이다. 일간 지는 신비의 시나 추리 소설이 아니다.

7.

다시 한번, 끝으로 조선일보 고정 칼럼 기자 이태규는 오늘 그의 '코너'에서 '오귀', 다섯 가지 귀신을 말한다. (1) 거짓말, (2) 금전만능, (3) 이기주의, (4) 비합리성, (5) 무책임. 길게 잡아, 그 놈이 그놈일 거라. 아마, 네 번째 '비합리성'의 개념으로 다 풀어 볼 수 있으리라. 그래 '합리성'을 기억하라.

2001. 4. 19

〈낯설지 않은 제안〉

글쓰기 풀이

1. 세종 대왕의 누명
2. 글쓰기 풀이
3. 한글과 한자
4. 한국에서의 영어
5. 시와 산문

1. 세종 대왕의 누명

근래 짧은 시의 연작을 써가면서 '세종대왕'이라는 제목으로 한 수 읊었다. "이세종, / 이놈, 니가 니 죄를 알겠다!" 방송 사극에서는 "니가 니 죄를 알렸다."라는 어투로 나오겠지만 "알다!"로 가기로 한다.

해외에서 오랫동안 외국어를 배우며 살아온 사람으로써 이제 고국에 돌아와 토박이('native speaker'!)의 입장에서 뭔가를 자신이 말하는 대로 써 놓고 우겨볼 수 있다는 자신감을 갖고, 그것을 그대로 쓴다는 것은 행운이라고 절실히 느낀다. 뒤늦게 배운 외국어에서는 그런 동물적 자신만만함('cocksureness', 숫컷의 확인)이 있을 수 없다.

지금 우리 나라에서는 우리가 말하고 싶은 것을 본토박이가 말하는 대로 쉽게 쓸 수 있는 글이 있다. 한 백년 전만 해도 그렇지 않았다. 다시 생각해보면, 한 50년 전만 해도, 세종대왕과 그의 집현전 학자들(신숙주, 성삼문, 박팽년 등)은 '언문'을 만들었다는 '누명'을 쓴다. 그들의 조선 왕조가 500년 후에 멸망할 때까지 중국과의 예속적, '사대주의적' 어용학자들의 주도 아래 '어진 백성' 누구나 쉽게 배우고 또 쉽게 쓸 수 있는 '바른 소리'(正音)을 천대하고 무시했는가 하면, 그 후 일제 아래에서는 우리말과 글을 뿌리 뽑으려는 정책 밑에서 우리 한글은 세차게 바람부는 밤, 가는 길을 밝히는 등잔과 같이 아슬 아슬한 고비를 겪는다.

20세기 초 국제적 정세에 의해 한반도는 세계의 여러 나라와 접하게 되고 중국과의 예속적인 집착을 벗어나게 되면서, 개방과 개혁의 물결을 타고 우리의 고유한 말과 글을 의식하고 되살리게 된다. 이제 와서 세종 대왕은 그의 참담한 누명을 좀 벗은 셈이라 보겠다. 오늘 날, 우리는 세종대왕과 그의 집현전 학자들을 고맙게 생각한다. 우리가 우리 토박이 말과 글('native language'!)로 산다는 것은 축복이라는 것을 짚어본다.

2. 글 쓰기 풀이 : 낯설지 않은 규범, 새로운 시도

오늘 날 복잡한 여건(한자의 잔재, 세로 쓰기 버릇, 타자와 전산의 기능적 요구, 정보화 추세 등)을 감안해 글 쓰기를 위해 아래와 같은 낯설지 않은 규범을 새롭게 시도해본다.

(가) 많이 띄어라! 띄는 쪽으로 실수하자!

띄어 쓰기에 있어 띄는 쪽으로 실수하기로 결정한다. "띄느냐 붙이느냐?"하는 질의가 있을 때는 띄는 것이 읽기 쉽다고 본다. (예를 들어: "한나라말인가?" - 잘 띄어 써 줘야 뜻과 맥락을 혼돈시키지 않을 것이다.)

(나) 자주 쉬어가자!

쉼표(Comma)가 도움이 될 것이라 생각하는 곳에는 쉼표를 자제하지 않고 자유롭게 쓴다. 없는 것보다 있는 것이 읽기에 도움이 되리라 믿는다.

(다) 가로로 가자!

가로 쓰기 추세(세로 움직임 보다 쉽고 자연스러운, 눈동자의 가로 움직임, 타자의 가로 움직임, 첨단 전산기들의 가로 지향 등)로 보아 여기에 별 문제가 없다고 본다. 그런데 아직도 세로 쓰기를 고수하고 어려운 외국어(수학의 숫자를 포함해)를 오른쪽으로 돌려 내려 쓰는 곡예를 고집하는 분들이 없는 것은 아니다. (그들의 제국에서는 악보(Music Note)도 굳이 내려쓰고 오른쪽에서 왼쪽으로 가려나?)

(라) 한글로 옮긴 외국어의 원어를 괄호로 소개하자.

말이 쓰이는 맥락이 분명하지 않아, 뜻이 모호할 때 한국에서는 한자의 도움으로 답을 찾고, 찾는 것이 당연하다고, 땅에 머리를 박은 오스트레일리아(Australia)의 새 오스티르취(Ostrich)와 같이 생각해 왔는데, 한글을 완전히 표음문자로 지향하는 의도에서 한자 (예를 들어 '姦'!) 자체도 뜻이 선명하지 않은 경우가 많다고 보고 세계적으로 제 1의 외국어로 자리 잡아 가는 영어로 (예를 들어, '신'을 God 또는 shoes로) 또는 다른 원어의 도움으로 해명해 보려 한다. (원어의 예로, '철학'을 일본어식 한자 보다 'Philean Sophia'로.)

우리도 외국어를 우리말로 옮겨 쓸 때 원어의 발음과 띄어 쓰기를 포함한 부호 쓰기 등을 존경하여야 한다. (예로, "Team Spirit"가 "팀스 피리트"가 안되게 "팀 스피리트"로 바로 띄어 써야 한다.)

물론, 여기서 중국어를 포함시켜야 하고 현 중국어를 우리 한자의 발음으로가 아니라 그들의 현 표준 발음으로 옮겨야 한다. (한자의 우리 발음은 오래전 옛날 한(漢)제국의 발음에서 유래되었다 한다.)

또한, 중국이나 일본의 외국어 옮기기를 그대로 우리말에 옮겨 쓰는 관습이 있으나 그래서는 안되고, 원어에 직접 가서 원어의 발음과 띄어 쓰기를 알아 보아, 서투른 옮김이 없도록 노력해야 한다.*

(마) 쓸데 없이 그림 글(상형문자, Hieroglyphic)을 그리려 고생하지 말자!

현대의 학문과 산업의 첨단에서 중국어/한자의 그림 글 쓰기는 전혀 도움이 안된다. 특히, 첨단 분야의 언어를 사용, 번역하는데, 한자를 거치거나 또는 의존 할 필요가 없다.

표음 문(Phonetic Writing)에서는 한 번 보고 들으면 또는 읽으면 이해는 못하더라도, 그 가까운 소리를 적어도 쉽게 거듭하여 쓸 수가 있다. 그 반면, 한자와 같은 글에서는 그것이 어렵고, 교육 수준이 높은 사람도 흔히 들어봤자 쓰지 못하고 보아봤자 읽지 못하는 문자를 접해 당혹해 한다. (진정, 우리가 큰 옥편 끝에 인쇄가 뭉개져서 나오는 "말 많은 절"이라는 64 획의 한자를 쓰기 위해 64 획의 그림을 익힐 것인가?)

이런 기본 언어의 '문맹'의 효과는 그 사회의 지적 발전

---

*「철학과 희비극」(현대 미학사, 1996), 상기, p. 19.

을 더디게 하고 있을 것이다.*

3. 한글과 한자

우리 나라에서 소리에 따라 쓰는 글(한글)을, 아직도 원시적으로 그림을 그리는 중국의 상형문자(한자)와 혼용하고 있는 문제, 좀더 나아가 상형문자가 추상적, 특히 과학적, 진보적 사고의 발전을 저해하지 않는가 하는 문제는 시급히 실험·검토해야 할 심각한 우리 과제이다.

먼저 첨단 분야의 한 예를 들어 본다. 과학 전문지 「사이언스」(Science) 근간에 뜨거운 해저에 생존하는 "메타노쿠스 자나실리"라는 "아카메아" (지구의 "제 3 생명체, 단세포 유기체")의 유전자를 모두 확인, 배열하는 데 성공했다, 고 밝혔다. 위의 내용을 무슨 정당한 이유로 중국어의 이상한 방언 '한자'를 거쳐, 번역해야 한단 말인가!

진정, 세 여자가 모이면, '간(姦)음,' '간(姦)통,' '간(姦)죄'의 발상을 불러 일으키는 것인가? 거센 세 여자가 있으면 '강간' (强姦)이라니? 세 여자, 네 여자, 다섯 여자 …, 도대체 여자들은 어떻게 '간' (姦)의 편견을 벗어나야 할 것인가?

'명' (明)과 '암' (暗)의 차이를 어떻게 결정하나? 해도 없고 달도 없는 밤에 어떻게 밝은 방에서 글을 쓴다고 말할 수 있나? 밝은 햇님 옆에 음악을 곁들이면, '어두움' 이라니? 옛날 밝은 달님은 밤을 밝혔으나, 오늘 날 서울과 같은 도시의 밤거리에는 휘황찬란한 네온과 전등의 빛이요, 밝음이니, 보이지도 않는 바위 덩어리가 '월(月)구'가 '밝을 명(明)'의 이등분 보다 더 큰 구실을 어떻게 하겠다는 건지!*

---

*상기, p. 30.

4. 한국에서의 영어, 제2의 언어로서의 영어

'수학같이 접근하자'

우리는, 특히 2차대전 이후, 영어를 여러 분야에서 가까이 접하고 있는데, 정말 어떻게, 어떤 태도로 접해야 할지 잘 정리가 되어 있지 않은 것 같다. 예를 들면, 우리 젊은 세대들이 언제, 얼마나 어린 나이에 영어를 배우기 시작해야 하는지 사회적으로 결정을 내리지 못하고 교육정책이 혼란스러운 상태이다.

우리 사회의 현 여건에서 영어를 쉽게 배울 수 있다면 문제는 없겠는데, 그렇지가 않다.

우리나라에서 영어를 해야 하는 여건은 2차대전 이후 급속도로 필수화 되어가며 모든 활동하는 시민들에 제1 외국어인 것이 분명하나, 현 교육제도와 사회여건으로는 우리가 영어를 우리가 필요한 만큼 배우는 것을 어렵게 풀어가고 있다.

이상적으로 영어를 쉽게 배우고 쓰는 가능성은 다들 미국이나 호주에 이민 가서 어린 시절부터 거기 영어권에서 교육을 받고 모국어에 못지 않게 배우고 쓰는 것이다. 그러나 그러한 기회는 많은 한국인에게 쉽게 주어지지 않는다.

이 문제를 해결하는 첫 조건은 영어에 대한 우리의 태도와 영어의 수용방법을 정리하는 것일 거다.

첫째, 영어를 우리가 어린 시절부터 배운 우리말에 비교하지 말 것이다. 한반도의 입지 조건 등을 봐서 한국에 사는 우리는 영어를 우리말과 같이 배울 수 없다. 최선을 다해서 우리는 제1의 외국어로 배워야 한다.

우리는 모두들 수학을 조금 공부한다. 일상 생활에서 그리고 전문 학문 분야에서 수치 등의 수학적 기호를 쓰고 있다. 오늘날 수학은 제1의 외국어가 아니고, 우리 삶에 필수적인 제도이다. 우리가 필요하게 배우고 쓰는 제2의 언어이다. 이와 같이 영어도 우리의 제2의 언어로 보고 교육제도에서 초창기부터 모국어 그리고 수학 못지 않게 배우고 공부하여야 한다.

오늘날 영어는 과학의 첨단 분야와 국제 기호제도에서 제1의 공동 언어가 되고 있다. 지구 위에서 얼마나 많은 사람이 영어를 쓰는가가 문제가 아니다. 그 보다 국제적 정치 구조에 있어서 영어가 제1의 기호제도이고 그 현상을 21세기의 전망에서 의심할 여지없이 확대될 것이다.

우리나라 같은 작은 나라뿐 아니라 비영어권의 대국이라도 국제 통상, 과학의 첨단 분야 등에서 신속한 의사 소통과 교환을 원한다면 제1의 국제 기호로 자리를 잡아가고 있는 영어를 사용하지 않으면 그들이 기대하는 지구촌에서의 활동은 어려울 것이다.

영어의 미래는 외국어 중 하나를 선택하는 문제가 아니라, 수학과 같이 국제적 그리고 첨단 분야에서 사용하는 국제 기호 제도를 수용하는 것으로 보아야 한다.

5. 시와 산문

예술 기능에 대한 맥락에서 사르트르는 예술을 산문적인 것과 비산문적인 것이라는 두 범주로 구분하려 했다. 자기 자신이 특별히 원하는 것은 아니었으나 사르트르가 산문을 다른 예술 매체로부터 분리시킨 이유는 평론가들이 대부분이 비산문적인 예술 작품이 쉽게 '참여 예술'이라고 보기 어렵다고 느꼈다는 점도 있었지만, 개인적으로 비산문적인 예술작품들, 특히 초현실파의 시와 회화의 병적인 경향에 분노하고 질려 있었기 때문이다.

『문학이란 무엇인가?』(1948)에서 사르트르는 지적하기를 "누구도 '의미'(signfication)를 그리지 않는다. 그것을 음악에 넣지도 않는다. 이런 조건에서 누가 화가나 음악가에게 참여 예술을 선택하라 하겠는가? 그 반면, 산문작가는 '의미'에 관여한다. 아직도 이 구분을 확실히 해야 한다. 의미의 기호 세계는 산문이고, 시는 음악, 조각, 회화 편에 있다."

비산문적인 예술가들은 그들의 매체, 말, 소리, 색채를 사용하여 자체에 '본질'을 추구하고 의사소통의 의도 없이 그것들만을 위해 창조하려 한다. 반면에, 산문 작가들은 말을 의미로서, 대상에 대한 지시로서, 사용하고 의사소통의 명백한 목적을 위해 창작한다.

문예에 있어서 시인들은 언어를 사물로서, '밖으로부터' 취급하는 것으로 기대하는가 하면, 산문 작가들은 기호로서, '안으로부터' 사용하는 것이라고 보겠다.

우선 산문적인 것과 비산문적인 것이라는 이 구분은 시와 소설(또는 희곡)과의 차이보다, 추론적인 것과 비추론적인 것, 혹은 이해할 수 있는 것과 이해할 수 없는 것과의 차이에 가깝다.

둘째, 이 구분은 아래와 같은 역사적 사실 앞에서 무너진다. (i) 시인들도 소설가들만큼 말을 지시하고 의사가 소통하여 창작해 왔고, (ii) 소설이나 희곡만큼 시들도 의사소통되어 오고 또 이해되어 왔으며, 그리고 (iii) 몇몇 시인들은 그들의 시를 산문으로 쓰기도 했고 또 몇몇 극작가들은 그들의 희곡을 운문으로 창작하기도 했다.

『상상의 심리학』(1948)에서 사르트르는 형상(image)은 기호적이고 상상(imagination)은 외적 대상의 내면화라고 관찰한다. 각종 예술들은 상상의 세계에 있으니 그것들은 기호적이고 담론적이다. 예술가들의 작품들이 그들의 사회 구성원들과 의사소통이 되지를 않는다면 예술가들은 그들 사회에 존재할 이유가 없을 것이다.

사실, 사르트르가 비산문 예술로부터 산문 예술을 분리하려는 시도는 실패하였다고 보더라도, 그가 정말로 의도한 것은 초현실파(surrealism), 다다파(dadaism) 등과 같은 후기 낭만파 예술가들 중에 의도적으로 왜곡하고 병적 도피의 마술로 삼는 예술의 타락을 공격하기 위해서였다.

사르트르는 예술이 그 고유의 입지에로 복귀하는 것을 원했다. 담론의 구체적인 매체로서, 행위의 상상적 방식으로서, 예술가와 관객이 자유를 위해 스스로 참여하는 상황으로! *

---

* 상기, p. 176.

지성인을 위한 균형의 매체

–『교수신문』에 보낸 서신

나도 교수신문의 9년 장기 구독자입니다. 창간호 이후 잘 받아 읽었습니다. 교수신문이 격주간이라 어떤 때는 요새 교수신문이 왜 안 오나 생각할 만큼 기다리기도 하고, 어떤 때는 다른 교수가 교수신문을 집에서 먼저 받아 읽었는지 거기에 실린(내가 모르는) 어느 교수의 글을 말할 때 나는 왜 내 교수신문은 배달이 늦는지 알고 싶은 적도 있었습니다. 아무튼 지난 9년동안 교수신문을 잘 받아 읽었습니다.

이번 2월로 막 정년퇴직하여 대학교정을 떠난 셈인데 교수신문사는 새 주소를 전화로 문의해서까지 보내 주시니 감사합니다.

사실, 교수신문 창간 직후쯤 홍익대학교의 박상규님과 교수신문 세종로 사무실을 구독신청 할겸 방문한 적이 있었는데, 그 때 거기 계시던 기자님들 그리고 발행인 이영수교수님과 인사를 나눈 적이 있습니다. 요사이는 지나가던 길에 들린 방문객에 그리 한가이 차를 주시고 인사를 나눌 여유도 없게 모두들 바쁘실 것이라고 믿습니다.

이 기회에 교수신문의 발전을 위해 몇 가지 제안을 할까 합니다.

첫째, 교수신문을 쉽게 접어가며 읽게 현 크기의 반 크기로 간행하시는 것을 검토해 보셨는지. 일간지와 같이 현 크기의 신문들은 펼쳐 읽고 접다보면 신문지와 씨름을 할 때가 흔히 있습니다.

둘째, 현 크기의 신문은 네 쪽으로, 또는 그 크기의 반 크기 신문은 두쪽으로 자연스럽게 접게 되는데, 글들을 접는 경계선 안에서 끝났으면 좋을 것입니다.

그런 지면 할애의 편집은 신문을 읽기가 쉽다는 점 외에 또 하나의 장점이 있는데 그것은 신문의 글들을 복사라는 데 표준 A4 용지로 해결할수 있다는 것입니다.

이런 형식적 개량은 다른 신문에게 모범적 전례를 선두 하시게 될 것입니다.

상기의 형식적 문제에 부쳐, 교수신문이 일관되게 추구해 오셨다고 보는 교수의 현장인 대학교육의 행정적 담론과 첨단 학문적 담론의 균형을 잘 유지 하십사 하는 것입니다. 너무 대학의 행정제도 문제에 치중하여 행정적, 정치적 담론의 장으로 끝나지 않고, 넓은 맥락에서 교수의 활동을 포괄적으로 보고·점검하는 지면으로 발전적인 방향을 잡으시기를 바랍니다.

(시)

다들 뭘 하고 있을까?

다들 뭘 하고 있을까?
연락도 없이,
다들 먼저 죽었을 리는 없고
어디 살아 남아 있을 텐데
연락들이 없단 말이야.

서울서 살다가
어디로 가서 숨어 산단 말인가
나는 글을 쓰는 작가로

백과 자서전을 쓴다치자.
공무원, 군인,
장사꾼, 광대,
변호사, 의사
다들 은퇴해서 뭘 하고 있을까.

텔레비전을 쳐다보며
쌍놈들, 연락도 없다고
투덜대고 있겠지.

위에 시 한수를 첨부하며, 교수신문이 교수들의 소식지
뿐 아니라, 교수가 아닌 '고립된' 지성인들(대학생 그리고
은퇴한 교수들을 포함해)도 즐겨 구독하는 국가적 매체가
될 것을 바라마지 않습니다.

교수신문 창간 9주년 지령 200호를 축하하며, 21세기 우
리 사회의 지도자로서의 '교수'의 활동을 포괄, 지성과 문
화 영역에 빛이 되기를 바랍니다.

2001. 4. 11

은퇴 후 늦은 봄의 서신

1. 일요일의 한성대

지금 일요일 오후 한성대 교정은 조용하다. 특히 우촌관 6층은 기척도 없고 더욱 조용한 것 같다.

지난 2월초 나는 정년 퇴직하여 한편 한가로운 생활을 한다고 할수 있다. 내가 10여년간 머물던 우촌관 601호 연구실을 2월말로 비워 주어야만 했으나 나는 이 연구실과 집에 있는 책(영문판 철학, 연극, 문학 저서 5,000여권, 한국판 철학, 연극 저서 1,000여권)들을 한성대에 기증하기로 대학과 합의를 보아, 도서관이 책들을 새로운 공간으로 옮길 수 있을 때까지 당분간 연구실에 보관하며 책들을 정리해 주기로 되어 있다.

그런데 정확하게 2월말로 여기 전화는 단절되어 어느 날 전화를 걸려고 수화기를 드니 죽은 전화소리가 들리고 한대 맞은 것 같이 싸늘하게 퇴직의 실감을 느꼈다. 동시에 학교 행정과 담당자들의 정확성에 놀랐다.

주일에도 아직 연구실에 가끔 들르는데 근래에는 매주 일요일 오후에 한성대에 오는 셈인가 보다. 주일날 옛 얼굴들을 만나면 내가 왜 아직도 한성대에 드나드는지 누누히 설명하기를 기대하는 듯 느낀다고 할까? 사실, 그렇지도 않고 다들 내가 은퇴를 했는지 뭘 하는지 알 바 아니겠는데... 아무튼 옛 연구실에 가끔 들러 부담없이 일을 좀 하다 집에 가곤 하는 것이 즐겁다. 일요일 한성대와 낙산 산책길은 조용하고 평화롭다.

오늘도 책들을 정리하고 쉬면서 교수님들에게 작별의 편지를 쓰면 좋겠다는 발상이 떠올라 들창으로 운동장과 낙

산을 보면서 이 편지를 쓴다.

2. 불투명한 철문

일요일 우촌관을 걸어 올라 가면 여기저기, 특히 총장실이 있는 4층등에는 공장이나 형무소 같이 불투명한 철문으로 닫혀 있는 진풍경을 보게 된다. 이사장실, 총장실, 교무처장실 등이 있는 4층을 철문으로 밀폐하는 이유를 지난 몇 년 학생들의 극단적인 시위를 감안해 이해하겠지만 대학교정이 불투명한 철문으로 밀폐된 풍경을 보는 것이 아름답지가 않다. 조금 경비가 들어도 불투명한 형무소형의 철문 같은 것을 투명하고 장식화된 '귀여운' 철문으로 대치하는 것이 대학의 분위기를 살릴 것 같다.

이 서신에 여러 제안이 있는데 그중 첫 번째가 형무소형 철문을 장식화한 아름다운 철문으로 대치하시면 좋지 않겠는가 하는 것이다. 이사장, 총장, 교무처장님들이 자기 집무실이 어마어마한 철문으로 밀폐된 풍경을 다시 한번 확인하시고 대안을 강구하여 보시기 바란다. 그렇게 어려운 문제는 아닐 것이라고 본다.

3. 통보도 없는 정년퇴임

1992년 3월부터 나의 교편생활의 마지막 10년을 한성대에서 보내고 은퇴하여 남은 여생을 한성대 주변 성북동/혜화동에서 머물 것 같다. 나는 일찍 유학의 길에 올라 내 나이 19살, 서울대학교에서 한 학기를 마치고 미국에 가서 33년을 해외에서 살다가 좀 늦은 감이 들 때 귀국하여 남은 생애를 한성대에서 교편을 잡다가 별 탈 없이 은퇴하게 된 것을 다행이었다고 생각하며 한성대 일원이었다는 것에 감사한다.

　교수님들도 다들 생각보다 빨리 은퇴하실 때가 닥칠텐데, 퇴직하실 때 무슨 절차를 거치는지 좀 궁금하실 수도 있으실 것 같아서… 나 자신 아무것도 모르고 어리벙벙하게 지나갔다. 학교 당국, 즉 총장이나 교무처장이 승진할때와 같이 "당신은 내년에 정년퇴직을 하고 얼마의 퇴직금을 받을 것입니다."라고 미리 통지해 줄 것 같았는데 아무런 통지가 은퇴 한 달전까지 없었다. 내가 내 생년월일을 감안해서 2001년 2월로 은퇴하는구나 생각을 하고 계획들을 짜왔을 뿐. 지난 동계방학에 들어 강사실이나 길에서 교수님들을 만나면 몇 교수님들이 "이번에 은퇴 하신다면서요? 우리가 한번 모시고 싶은데 언제가 좋을까요?"라고 말하고는 흐지부지 되었다.

　결국 교무처에서 지난 1월 정년퇴직 행사가 있다는 기별을 행사 몇일 전에 알려 준 것 같은데 정확히 통지서도 보지 못했고 그냥 넘어간 것 같다.

　나와 강석중 그리고 이태교 교수님이 같이 은퇴하는데, 그 두 분들이 행사에 참여하실 수 없다는 말을 듣고 나 혼자 나가는 것도 쑥스러운 것 같아 나도 혼란 속에서 행사에 출석하지 못하였으니 퇴임 행사는 삭제된 모양이었다. 결국, 학교에서 주는 '성공패'라는 감사패는 강사실에서 넘겨 받았고 그것으로 은퇴의 의식이 수행된 셈이었다.

　'성공패'는 아래와 같이 쓰여져 있다.

"재임기간 1992년 3월 ~ 2001년 2월 28일.
귀하께서 본 대학교에 보직하면서 학교와 교육 발전에 초석이 되셨을 뿐만 아니라 사도의 햇불을 밝히신 모범교육자로서 우리의 사표가 되셨기에 그 크신 공로를 기려 영광된 정년퇴임에

즈음하여 한성인의 뜻을 모아 이 패를 드립니다.

2001년 2월 28일

한성대학교 총장 사회과학박사 이성근"

이 시점에서 한 가지 짚고 넘어가고 싶은 것은 교무처장이나 총장의 이름으로 정년퇴임에 대한 통지를 한 일년 전에 정식으로 통보해 주었어야 한다는 것이다.

4. 신비스러운 퇴직금

그럼 퇴직금은 얼마나 되며 언제, 누가 주는가? 이 중요한 관건에 아무도 말을 하지 않는 것이었다. 기다리다 1월 말에 김용석 교무처장에게 전화를 걸어 물어 보았다. 그의 제안은 경리과에 가보라는 것이다. 경리과에 가서 물으니 내 은행계좌에 넣어 드릴 거라는 것이다. 그래 내 퇴직금을 분석 정리한 설명서가 있는가 하고 물으니, A4종이 반쪽에 계산을 적어 주며 내가 빌어 쓴 융자 잔여금 2,500만원을 갚고 나면 한 2,500만원 남는다는 것이다. 그래 퇴직금은 합계 5,000만원인 셈이다. 그 2,500만원의 현금으로 두 마이너스 통장과 카드 빚을 정리하고 나니 500만원이 남는 것이다. 이건 개인 사정이지만 정년퇴직금으로 빌려쓴 돈을 갚고 나니 500만원 남고, 그것으로 남은 여생을 살아가야 한다는 것이다.

사실 장래가 좀 막막하다.

5. 기대 이상의 상조회

여기서 한가지 더 지적하고 싶은 것은 상조회(김경배 교수, 회장; 이재득 총무)가 100만원의 현금과 더불어 황금의

열쇠를 주었다. 그리고 내가 그 동안 상조회에서 아무런 혜택을 받지 않았다 하여 상기의 100만원에 첨부하여 100만원을 더 주기로 했다는 것이다. 몇일 전 내 은행 구좌에 두 번째의 100만원을 넣어 주었다. 고마운 마음으로 잘 받았다고 보고하는 바다.

6. 한 쌍의 은수저

동시에 대한교원은 택배로 한 쌍의 은수저를 선물로 보내 주었다. 감사한다.

7. 안식년의 혜택을 줄 수 없는 총장과 교무처장

그 반면 교무처장과 총장님에게 내가 한성대에서 9년 반 종사하면서 연구년이나 안식년의 혜택을 받을 기회를 놓쳤는데, 이에 대한 특별한 보상을 주시는 방법이 없겠느냐고 문의해 보았는데 그분들의 반응은 대학 규칙에 그런 배려의 여지가 없다며 검토해 볼 의사가 전혀 없는 태도였다고 느꼈다.

8. 파킨슨 병의 악화

근래에 나는 파킨슨 병이 점점 악화되면서 근육의 경직과 피로의 증세에 시달려 활발한 생활을 하기 어려운 형편이다. 이러한 이유로 근래에 회식이나 모임에 참여하는 것을 삼가야 하는 건강의 문제를 주변에서 이해해 주시기 바란다. 이러한 관계로 창작적인 생활을 지속하기 어려울 것 같기도 해서 우촌관 601호에 있는 (영문판)저서와 집에 있는 (한글판)저서를 한성대에 기증하고 내 생애를 정리하려는 마음이다.

9. 철학분야의 전임교수와 시간강사

이번 학기에 철학분야의 교양과목들을 위해 시간강사를 확보하는데 내가 참여할 이유가 없었고 멀리서 지켜 본 셈인데 여러 가지 어려움이 있었다고 들었다. 철학분야의 교양과목이 10여개가 있는데 이들 과목들을 철학전공의 교수가 책임있게 관리를 하지 않으면 문제가 있을 것이다. 내가 은퇴하기 전부터 나를 이어서 교양과에서 철학과목을 가르치고, 강사를 선발·관리할 전임교수를 채용해야 한다고 기회가 있을 때마다 제안하였는데 내가 떠나면서 나를 대신할 전임을 아직 채용하지 않은 것이 안타깝다. 한성대의 미래를 위해 적어도 한 명의 철학 전공의 전임교수를 채용해야 한다고 다시 강조한다.

10. 교수를 위한 녹다원

한성대는 내가 지원해 온 녹다원을 복원하는데 실패했고 아직 교수들을 위한 휴식과 모임의 공간을 확보하지 못하고 있다. 새로운 건물들이 올라가면서 그런 공간을 확보하는 날이 있기를 바란다.

대학은 (1)교수, (2)학생 그리고 (3)이사장, 이사, 총장, 학장, 관장, 직원들을 포함한 행정집행 요소로 구성되어 있다. 대학의 기본 기능이 첨단 지식 전수라면 교수가 대학을 주도한다고 보겠다. 학생은 첨단 지식 전수의 수용자로 대학 제도에 있어 한정된 기간에 머물다 떠나나, 교수는 상대적으로 대학 제도에 장기적으로 남아 대학을 주도하는 책임을 보유한다. 제3의 요소로 행정집행 요소는 교수와 학생의 기능을 지원하는 부차적인 책임이있다고 하겠다.

이러한 맥락에 대학의 교수들이 쉽게, 편하게 자주 만나고 모이는 '녹다원'이 필요한 것이라고 다시 지적한다.

11. 한 교수의 오만과 월권

이 자리를 빌어 사소한 문제인 것 같으나 한성대의 신중한 문제 하나를 공개, 교수들의 판단에 맡겨야 되겠다. 다른 대학에서는 청소 담당 직원이 교수들의 연구실 청소를 해 주는 제도가 있다고 본다. 이상적으로 한성대도 그런 제도를 실현하는 것도 좋은 생각일지도 모르겠다. 그러나 한성대는 아직 청소 담당 직원이 교수들의 연구실을 청소해 주지 않는 것이 대학의 '규칙'인 것으로 알고 있다. 그런데 예외로 우촌관 6층에 있는 교수 한 분의 연구실을 지난 9년 반 내가 지켜 보았는데 청소 담당 직원 둘이 매일 바닥이 반짝일 정도로 청소를 해 주고 있다. 이러한 예외적인 서비스가 교수 자신의 요구에서인지는 모를 일이다. 또는 이사장? 총장? 교무처장? 기획실장? 누구인지는 알 수 없으나 누군가가 특별히 지시한 것이 틀림없다. 교수 자신도 누가 지시한지 모를까?

이러한 예외적 특권은 고등교육의 공동체인 한성대에서 용납할 수 없고 누군가 책임을 져야 하는 자는 이러한 부도덕한 월권을 자제하고 공개적 사과를 하며 즉시 지시를 정정해야 한다.

월권의 중심 인물인 교수는 적어도 특권을 누린 것에 대해 용서를 빌고 공개적으로 사과하고 동시에 10여년 교수의 신분과 정신을 위배한데 대해 책임을 져야 한다고 생각한다. 민주주의 사회에서 대학의 이름으로 이러한 교수가 대학 공동체를 모욕한 악행을 절대로 용서 할 수 없다고 생각한다.

12.

이 서신이 길어 졌는데, 오늘은 이만 줄이고, 또 기회가 있으리라 믿고 그때 다시 펜을 들겠다. 사실, 생각해 보니 한성대 일원에 대해 보고할 말이 많은 것 같다.

그럼, 모든 교수님들께서 건강하시기를…

13. 후기

이 책의 발간을 위해 도움을 주신
조병화 선생님,
경원 전문대의 김삼주 교수님,
한성대의 안현신 강사님,
한성대 민족문화연구소의 이철우 강사님,
디지 미술관의 최소은님,
우리글의 김소양님,
디지 익스프레이스의 박영석님,
그리고 라르고의 김재선님,
보헤미안의 최진아님에게
감사한다.

작가의 자필원고

꽃과 거지

장현도

희망는
거지리가는 꽃다.

희색 희 보다
청색 거지리가.

네 밥줄 기어가는 희 보다
늑 밥고 따릿 따릿 둑 억 가고 거지리가,

오늘의 인하멧 희 보다
내일의 사내 희만날 봉다 거지리가,
저 하늘 속 맛속
거지리가나 꽃다.

／꽃밭의 인성밤에 바치여
　꽃과 시인
　2000. 3. 19

P9.4 제2의 언어로서의 영어

우리말 속에는 같은 교육으로
너무

...

2001.12.17

파군 강월도 시인론

– 강월도의 제6 시집 「마지막 유혹」을 읽고

김삼주(문학 평론가, 경원전문대 교수)

파군 강월도 시인론
– 강월도의 제6 시집 「마지막 유혹」을 읽고

김삼주 (문학평론가, 경원전문대 교수)

1.1

강월도의 제5시집 「사랑 무한」(1999)에 부치는 발문에서 아래와 같은 말을 한적이 있다.

"강월도의 새 시집을 읽을 때마다 새로운 주제에 대한 호기심으로 읽게 되는 것 같습니다. 항상 그의 시집에는 저의 호기심을 채워주는 신선한 충격이 있었으니까요. 이번에도 시집의 원고를 처음 보았을 때 저는 사실 당황했다고 할까."

지금까지 그의 시집이 그러했듯이 이번 새 시집 「마지막 유혹」에서도 신선한 충격은 적지 않았다.

2.1

이 글의 시작으로, "두 개의 모자를 골라 조용히 살아 간다네." 라고 노래한 시 「선택된 두 개의 모자」를 읽고 나는 긴장하지 않을 수 없다. 모자라고 하면 흔히 그 사람의 지위나 신분을 연상하게 되는데, 강월도의 '모자'는 과연 무엇의 상징일까. 시집을 앞으로 넘기고 또 뒤로 넘기면서 그것의 상징적 의미를 찾아본다.

분명 그 '모자'는 강월도 시인과 그의 시를 온전히 이해할 수 있을 것 같은 흥미진진한 기호로 우리를 압도해 온다.

　그러면 먼저 제5장 「신화」에 수록된 이 시 전문 읽기로
부터 상징적 의미 탐구를 시작해 보자.

　　나에게 모자가 두 개 있네
　　하나는 푸르스름한데
　　봄과 여름철을 위한 것이고,
　　또 하나는 까망색인데,
　　가을과 겨울철에 쓰지.
　　이 두 모자들이 딱 내 머리에 맞아.

　　"어쩐지 좋아, 어쩐지 마음에 들어,"
　　그 옛 노래 말대로.

　　사실 나에게는 옷장에 쌓아둔 모자가 많지.
　　다들 좀 쓰다 친구에게 줄 수도 없어
　　남은 것들일세.

　　내 지론은 잘 맞는 모자 하나를 구하기 위해
　　한 10개는 구해 써 보다 버리게 된다는 것이야.

　　두 선택된 모자와 내 인생,
　　다행히 말이 많지 않아 별 말썽이 없지.
　　두 개의 모자를 골라
　　조용히 살아 간다네.

　　두 위상의 마누라가 아니라.

　　　　　　　　－「선택된 두 개의 모자」 전문

　이 시에서 '모자'가 모자 자체의 의미를 넘어서고 있음
은 '두 선택된 모자와 인생'이라고 말한 대목에서 분명해
진다. 우리는 이 대목에서 '모자'란 물체 자체가 아니라 적

어도 그것이 시인의 삶과 관련된 어떤 것을 의미하고 있음을 확신하게 된다.

그렇다면 '모자'는 시인의 직업/활동과 관련이 있지 않은 것일까. 어쩌면 그럴지도 모른다. 왜냐하면 그의 활동은 생각외로 다양했기 때문이다.

열여덟 살에, 그는 경기고등학교 3학년 학생으로서 처녀 시집 『태양을 위한 환상』(공동문화사, 1954)을 상재하고 이듬해 유학길에 오른다. 그는 미국 인디아나대학교와 콜롬비아대학교에서 철학을 전공하면서 문학과 연극에도 남다른 열정을 갖는다. 말하자면 교수와 (극)작가의 겸업인 셈이다.

그의 극작 수업은 1960년, 그러니까 콜롬비아대학교에서 철학 전공으로 대학원 과정을 수료하던 중에 '파군'이라는 필명으로 시작되는데, 뉴욕 예술인 동네라는 그리니치 빌리지의 치노 카페 극장과 라 마마 실험극장에서 『망령들 틈에서』, 『인두 사냥』, 『어제와 내일 사이에서』 등의 그의 작품들이 공연된다.

그러는 와중 철학 전공으로 박사 학위를 받으면서 뉴 햄프셔 주립, 찰리 딕킨슨, 인디아나 주립대학 등에서 10여 년 교편을 잡았다.

1970년대 후반에 들어 지방 교편생활을 포기하고 뉴욕으로 돌아와 인쇄소, 영화관 등의 다양한 사업을 벌려 생활하다가 1987년에 33년의 긴 '유학 생활'을 정리하고 귀국한다.

서울에 돌아와 그는 연극 운동을 시작한다. 연극 중심의 문예잡지 『서울 벽보』를 발행하면서 『어쩐지 돌연변이』,

『뻔데기전』, 『이승의 죄』 등을 무대에 올리고 희곡집을 출간하고, 또 시집 『욕망, 그 가면극』과 『육체의 대화』를 출간하고, 『이성과 미의 축제』, 『철학과 희비극』 등 논평집을 출간한다. 따지고 보면 『서울 벽보』를 중심에 둔 일련의 문화운동을 그는 조국에서 펼친 셈이다.

그러다가 1990년대 그는 한성대학교 철학 교수로 다시 강단에 섰고, 10년이 지난 지금 정년퇴직을 맞아 혜화동 로타리 부근 지하에 '디.지.'라는 미술관을 열었다. 청도 박일주 화백의 탐미적이고 환상적인 그림 '아름다운 계절의 풍경'전을 시작으로 그의 미술관 시대는 어디로 흘러갈까.

2.3

다시 우리의 관심을 '선택된 두 개의 모자'로 옮겨 보자. 어떻게 보면 일탈의 연속이기도 한 그의 삶은 차분히 짚어 볼 때 어떤 일관성을 갖는다. 철학교수, 극작가, 인쇄업자, 극장경영인, 잡지 발행인, 다시 철학교수, 그리고 미술관경영인. 이 중에서 만일 우리가 관심을 갖고 있는 '모자'가 있다면 그 두 개는 무엇 무엇일까.

우선 무엇보다도 전체 기간을 일관하고 있는 (극)작가를 꼽을 수 있을 것이다. 철학을 공부하면서도, 영리 사업을 하면서도, 문화운동을 하면서도 그것은 마치 그의 주된 관심사로 보일 정도로 지속돼 왔다. 그리고 꼭 연극이 아닐지라도 시집 발간이라든지, 잡지 발간이라든지, 미술관 개관이라든지 등의 활동은 이 (극)작가와 유사한 성격을 지닌다. 말하자면 우리는 이러한 일련의 활동을 예술이라는 이름으로 묶을 수 있을 것이다.

또 하나의 남은 '모자'는 어떤 활동과 관련이 있을까. 아마도 그것은 그의 공식적인 사회활동의 시작이었고 또 마감이었던 철학자가 아닐까. 박사학위 논문『비순수 이성비판』에서 출발해서 최근의「약속의 철학」(21세기 논평)에 이르기까지 지속적으로 발표된 그의 철학 논평들이 그런 추론을 가능하게 한다. 이렇게 보면 그가 다양한 사업에 눈을 돌렸던 것은 부수적인 일이었을 것으로 추측된다. 사실 인쇄업이나 부동산업에서 돈을 다소 벌었다곤 했지만, 그 돈들은 극장경영이나 서울에서의 잡지 발행에 모두 써버린 것으로 알려졌다.

'선택된 두 개의 모자'를 찾기 위해 들추어 본 그의 이력들에 대한 얘기가 다소 장황해져 버렸지만 우리는 이 속에서 그의 '모자'가 상징하는 의미망의 외곽을 구축한 셈이다. 즉 그의 '모자'의 상징적 의미는 아마도 예술적 관심으로서 (극)작가/시인과 삶의 방향성 탐색으로 철학자/철인이 갖는 그 무엇에 있을 것이다.

3.1

'모자'가 상징하는 의미망의 내부를 구축하기 위해 이제 그의 다른 시들에 눈을 돌려보자.

> 이곳에 내가 분명 먼저 와서 글을 쓰고 있었는데
> 언제 이 3억의 할머니가 종이 나부랭이를 들고 와
> 구루마에 정리하며 먼지를 날리며 부산한지 모를 일이지.
> 왜 하필 내가 글을 쓰고 있는 이 모퉁이에
> 허리가 꾸부정한 3억의 할머니가 먼지를 털고
> 힘든 모습을 보이는지,
> 하고 세상을 개탄한답시고
> 주머니에서 파이프를 꺼내 물고 성냥을 켜 연초를 피웠던가.
>
> 옆에 있는 구차한 3억의 할머니를 다시 보니

그녀는 간데 온데 없이 보이지 않았네.

"할머니, 날씨가 찬데요."

「3억의 할머니」 후반부

이 시의 '할머니'는 넝마를 모아 평생 저축한 돈 3억원을 소년 소녀 가장에게 장학금으로 준 인물이라고 한다. 이 의로운 인물에 대하여 화자인 '나'는 달갑지 않다. 글을 쓰는 '나'에게 '할머니'는 "종이 나부랭이를 모아 와/ 구루마에 정리하며" 소음으로 사색의 분위기를 깨뜨리고, "먼지를 날리며" 글쓰기를 방해한다. 뿐만 아니라 '나'에게 있어 "할머니가 먼지를 털고 힘든 모습을 보이는"것은 개탄스러운 일로 느껴진다. 그러나 이 시의 끝에 이르면 할머니에 대한 '나'의 태도는 바뀐다. "할머니, 날씨가 찬데요."라는 염려가 그것이다. 앞에서와 동일한 태도였다면, '나'는 계속 불평을 늘어놓거나, '할머니'가 가버린 데 대한 안도감 또는 성가신 일의 해결에 대한 시원함을 표현한 말이 이어졌을 것이다.

이처럼 이 시에서는 화자인 '나'가 풍자되는 데서 의미가 획득된다. 그것은 행위에 대한 가치 판단의 문제이다. 화자인 '나'가 "저녁 식사를 위해 어느 음식점을 찾아갈까 망설이며" 앉아 있음에 비해 '할머니'는 "소년 소녀 가장에게 장학금을" 주기 위해 먼지를 날리며 부산하게 움직인다. 이 두 행위의 차이는 감각적 욕구 충족과 당위 의식에서 구별된다. 전자가 단순한 배고픔, 저녁식사라는 감각적 욕구에 충실한 행동이라면 후자는 먼지를 둘러쓰는 힘겨운 일이지만 남을 위한다는, 자신의 선의식에 의하여, 이성의 움직임에 의하여 인도된 행동이다.

그렇다면 시인은 그의 '모자'를 어느 쪽으로 선택했을까.

두말할 것도 없이 '할머니' 쪽일 것이다. 왜냐하면 시인은 화자인 '나'를 풍자하고 있지 않는가. 이런 점에서 강월도 시인의 '선택된 두 개의 모자'가 갖는 상징적 의미의 하나는 이성적 삶이라고 유추해 볼 수 있다.

3.2

이성의 관점으로 읽을 때 더욱 제 맛을 느낄 수 있는 시들이 강월도의 시인지도 모른다. 나는 그의 미발표 원고에서 "시 그리고 예술의 기반은 이성이 유도하는 감각이다."라는 글을 읽은 적이 있다. 사실 그의 시에서는 무절제한 감상의 노출을 찾아볼 수 없다. 물론 절망적 절규도 없다. 그것을 우리는 그의 말을 빌어 '이성이 유도하는' 감각적 형상화의 세계라고 말할 수 있을 것이다.

그러기에 그의 시들은 풍자적 어법 뒤에 날카로운 현실 비판을 동반한다. 그런 한편을 읽어 보자.

가끔 도둑질을 하고 싶은 마음이 들지,
너무 위험한 걸 알지만
특히, 여자에 대한 사모가 끼어들면
너무 너무 위험하지.

　　　　－「도둑과 여자에 대한 사모」 전문

'도는 이야기' 연작에 끼어 있는 이 시는 '도둑질'과 '위험하다'의 언어적 대립으로 짜여 있다. 이 두 어휘 중에서도 특히 '위험한/ 위험하지'가 갖는 어감 때문에 우리는 웃음을 머금고 시를 다시 음미하게 된다. 도둑질이란 남의 재물을 훔치는 비윤리적 행위이며 형법상 처벌 대상이다. 이런 행위에 대하여 시인은 '형벌을 받는다'고 말하지 않

고 '위험하다'고 말한다. '위험하다'는 말은 '안전하지 못
하다, 다친다, 육체의 손상을 가져온다' 등의 의미를 지니
는 말이다.

여기에 다시 시인은 '여자에 대한 사모'라는 도둑질의
동기를 추가한다. 가끔 도둑질을 하고 싶은 마음이 드는
것은 우발적인 소유 충동이다. 그러나 '여자에 대한 사모'
가 끼어 든 것은 동기와 목적이 분명한, 이중의 소유욕이
된다. 이때에도 시인은 역시 "너무 너무 위험하지"라고 우
회적 언어로 경계하고 있다. 말하자면, 시인은 재물, 도둑
질, 사랑을 예로 '도는 이야기'라고 하는 비정상적 의식과
단면을, 무모한 열정과 비윤리성을, 해학적으로 제시함으로
써 우리의 각성을 촉구하고 있다.

4.1

이미 위에서 눈치챘겠지만 강월도 시의 구조는 특이하
다. 그는 시를 두고 "너를 위해, / 너와 나, 우리 대화를 위
해 / 시를 쓴다."(「시인」 제3연)라고 말하듯 그에게 시는
대화를 위한 '판'이다. 연극에서 관객이 연극 속에 함께
참여하듯, 물론 시에서는 글읽기를 통한 참여이겠지만, 독
자가 시인이 던진 말에 함께 참여하여 스스로 생각하고,
느끼고, 미적 교감을 갖도록 시의 '판'을 벌여 놓는다. 그
적절한 한 예가 다음과 같은 시이다.

까만 무대 배경에
흑인 같이 까맣게 분장을 하고
무대 바닥을 스치는,
수녀복과 같은
하얀 망토를 한 무용수들이 움직인다.

머리도 없고
발도 없는
하얀 몸체들이
돌아 돌아
오고 간다.

- 「머리와 발 없는 몸체」 전문

　위의 시는 무용을 소재로 쓴 시이다. 이 시 속에 화자의
주관적 묘사는 보이지 않는다. "수녀복과 같은"이라는 비
유적 묘사에서 주관성을 가미했다고 할 수도 있겠지만, 사
실 "수녀복과 같은"은 주제적 의미에 관여할 수 없는 설명
적 묘사에 불과하다. 이처럼 그의 시 구조는 의미의 핵을
향해 시의 각 요소들을 집중하여 나가기보다는 전경을 제
시하여 독자의 판단에 맡기는 열린 구조를 취하는 경우가
많다.
　따라서 우리는 이 시를 두고 시인이 제시한 어떤 메시지
를 찾으려 애쓸 필요가 없다. 묘사된 그대로의 한 장면을
떠올리고 그 벌여놓은 '판'을 우리 나름대로 '놀면' 된다.
머리 없는 세상이든, 몸짓으로 사는 세상이든, 몸이 곧 정
신이든, 시인의 의도나 안무가의 의도가 무엇인가에 상관
없이 우리는 우리의 느낌과 상상, 상징적 의미 찾기를 시
도하면 된다.
　이 열린 구조는 대화로서도 구현된다. 시 「자시지 - 도는
이야기 4」의 간단한 대화 "먹어? 먹어?/ 자시지."에서 두
마디의 다른 어조만 제시하고 시인은 그 대화 뒤에 숨는
다. "먹어? 먹어?"라는 경박한 보챔으로 한 인물이 말을
걸어왔을 때, 그 상대방은 "자시지."라고 점잖게 대꾸한다.
일단, 대화로 상상되는 장면 그 자체가 웃음을 자아낸다.
　이처럼 시인은 독자와의 사이에 '판'을 벌여 주고 독자

로 하여금 그 '판'에 참여하게 한다. 그리고 미적 체험이라는 '놀이' 속에서 독자가 웃고 지나치든, 식욕이라는 본능에 집착하는 비이성적 행동을 읽어내든, 그것은 독자의 몫으로 돌린다. 아니, 시인은 그 이상의 기대를 가질지도 모른다. '먹다'가 갖는 은어적 의미 '성교하다'의 뜻으로 만들어지는 상황에서 경박스러운 보챔과 점잖은 타이름으로서 "자시다(자다)"로 읽어낼 때 이 시의 아이러니는 본능적 욕구와 이성 사이의 대립이 되는데, 시인은 그런 것 아니면, 그 이상의 것을 독자가 '놀았으면' 하고 기대하는지도 모른다. 이 시에 이어지는 「자시지 2 - 도는 이야기 5」는 "끝내 줄까요? / 죽여, 죽여! / 자시지."로 되어 있으니까.

4.2

'판'의 '놀이'라는 시인의 생각은 미술의 세계에도 그대로 이어진다. 이 시집은 제3장 「미술관 이야기」연작에서 우리는 그러한 점을 확인할 수 있다. 시인은 「이야기와 그림」을 두고 "남의 이야기, / 아니, 남의 그림이 아닙니다."라고 얘기한다. 이처럼 시에서와 같이 그림에서도 함께 '판'을 이루려는 생각은 마찬가지다. 어쩌면 언어보다도 더 구체적으로 제시된 그림 앞에서 관람자는 그림 속에 담긴 작가의 의도에 참여하기가 더욱 쉬울지도 모른다. 시인은 그렇게 그림에 대해서도 독자로 하여금 인간으로서의 동질적 감응의 세계를 체험하기를 바란다.

스스로 미를 창조하고 그것을 공동체 구성원들과 함께 공유하려는 이러한 노력이 그의 '선택된 두 개의 모자' 중에서 하나였으리라는 추측은 사실일지도 모른다. 그가 어떤 직업을 갖든 전 생애를 통해서 끊임없이 지속적으로 추구해온 작업들이 바로 이 미의 추구였기 때문이다.

5.1

이 시집 읽기에서 '선택된 두 개의 모자'에 이끌려 스쳐 지나갈 뻔한 문제가 있다. 그것은 시인이 파킨슨 병이라는 불치병과 싸우면서 무화의 체험을 노래한 시들에 담긴 질병과 죽음의 문제인데, 먼저 시 한 편을 읽고 논의를 전개하기로 한다.

　　　－ 당신은 신사이십니까?

아프지 않으니
신사 병이라고 말했는데

한 순간,
한 영원한 순간
일어서지 못 하고
움직이지 못할 때
움직이지 않는 우주는 너무 잔인했고

옆에 있지 않은 자가
그리웠다하고 말하겠는데

한 순간,
한 영원한 순간
옆에 있지 못 하는 자,
옆에 있지 않은 자, 너무 그리웠고

움직이지 않은 우주는 너무나 고요했다.

고요한 한 순간,
영원한 한 순간.

이 시에서 시인은 죽음과 같은 상태에 놓여 있다. 알려진 바와 같이 신체의 모든 근육이 무력화하여 움직일 수 없는 병, 파킨슨 병의 중증 상태에서 시인은 홀로 죽음과 같은 상황을 체험한다. 그 죽음과 같은 상황의 시간을 그는 "고요한 한 순간, / 영원한 한 순간"이라고 말한다. 바꾸어 말하면, 죽음이란 그런 정지의 순간이자 동시에 그 정지의 한 순간이 영원히 지속되는 것이라고 그는 인식한다. 그러기에 움직임이 불가능한 그 정지의 순간은 '잔인할' 수밖에 없다. 움직일 수 없으므로 환자로 하여금 이 세상에 존재하면서도 존재하지 않는 것과 같은 상태로 만드는 질병의 세계는 잔인할 수밖에 없다.

그런 상황 속에서 시인은 사람을 그리워한다. "옆에 있지 못한 자, 옆에 있지 않은 자"라고 지칭한, 있어야 하지만 지금은 없는 그 사람을 생각한다. 이처럼 무화의 체험은 그에게 고독감을 안겨 주었지만, 그를 그 속에 함몰시키지는 못했다. 그가 쓴 이성의 '모자'는 그것을, 생명을 가진 존재의 숙명이라는 것, "죽음이라는 천사가 / 우리를 찾아오고 있다네."(「뭘 할 수 있나」)에서처럼 생명현상으로 파악함으로써 두려움이나 비애에서 벗어난다. 이 벗어남의 여유가 고통도 웃음으로 차단하는 골계미의 시학을 형성한다.

이를테면 시 「중풍 환자」가 그 예인데, 이 시에서 시인은 통제 불가능의 근육 부자유를 "중풍 환자입니다./ 조심하세요./ 돌진합니다./ 충돌을 피하지 못하고/ 겁탈을 겁탈인 줄 모르고."라고 희화함으로써 고통을 웃음으로 전달하고 또 웃음 속에서 진정한 고통을 이해하게 하는 골계미의 시학을 보여주고 있다.

이 무화의 체험과 연결되는 두 편의 시가 있다. 제3장 '미술관 이야기'에 함께 있는 「좌우명」, 「고양이 소리」 두 편인데 이 시들을 그렇게 연관짓는 것은 시인의 현재 상황을 알고 있는 나의 의도적 오류인지도 모른다.

절대로,
절대로,
선녀에게
다시는
옷을 돌려 주지 말으리.
                    -「선녀 5 좌우명」 전문

집을 찾아 오는 고양이 소리인가?
밤은 깊어 가는데
님은 떠났고
하얀 눈이 내린다.
                    -「고양이 소리」 전문

위의 시 중에서 먼저 「고양이 소리」를 보면 시인은 눈이 내리는 밤에 이미 떠난 '님'을 그리워하고 있다. 이때 '님'은 상징적이어서 굳이 사랑의 대상으로 해석하기는 어렵다. 그러나 시인이 이 시를 앞의 시 「좌우명」과 앞뒤로 배열한 점으로 미루어 본다면 사정은 다소 달라질 수 있다. 「좌우명」에서 시인은 굳은 다짐을 하듯 쉼표를 찍어 가면서, 그리고 한마디 한마디를 행을 바꾸어 배열하면서, "옷을 돌려 주지 말으리"라고 말했기 때문이다. 질병이라는 고통과 외로움의 체험에서 그런 생각을 갖는 것은 당연한 일이리라.

그러나 강월도 시인에게 있어서 그런 그리움은 결코 수단적 요구에 의해 유발된 사랑 감정이 아니다. 그는 사랑에 대하여 "육체적으로, 정신적으로 순수하게, 깨끗하게, 그 자체로 끝나는"(「플라토닉 사랑의 신화」) 사랑을 갈망한다. 그에게 있어 그것은 "사랑은 아름다움을, / 살아있는 것을 잘 살게 하고 / 더 활기차게 살게 하는 것, / 그것이 아름다움의 사랑이지 / 조화의 사랑"이라고 노래한 이 시의 끝부분과도 같이 인간이 서로의 삶을 고양시키는 행위인 것이다. 아울러 강월도 시인은 사랑을 인간적이고 본성적인 행위로 규정한다. 그래서 이 본성적 추구는 "우리를 흥분시키고 / 우리에게 활기를 주고 / 생명력을 주는 것"이며, / 그러기에 그것은 "우리의 이성, / 우리의 절서의 원동력"(「문이 열린다 - 미녀도」) 이라고 역설한다.

6.1

강월도 시인이 자신을 '파군'이라 이름하고 "끝없이 파도 이는 바다와 같이" 살고자 했다는 고백에서 이미 짐작했듯이 그의 역정은 간단없는 파도의 물결과도 같은 것이었다. 낯선 이국 땅에서 극작가로, 연극 운동가로, 철학교수로, 그리고 귀국하여 이땅에서 문화운동가로, 시인으로, 철학교수로, 간단없이 파도 치다가 다시 미술관에서 또 하나의 물결을 준비하고 있다.

돌이켜 보면 그의 '선택된 두 개의 모자'는 철학과 예술의 핵인 이성적 삶과 미의 추구였으며, 그 둘이 한데 어울린 축제의 모자였으리라 판단된다.

"막을 올려라! 북을 쳐라! 노래를 불러라! 춤을 춰라! // 정치 하고! 장사 하고! 농사 짓고! 약 팔고! // 뛰어 논다!

공을 찬다! 배운다! 가르친다! 좋다, 좋다, 문이 열린다, 문이 열린다"(「문이 열린다」) 라고 한마당 굿판으로 이 시집을 끝맺는 이유도 바로 이 세상이 이성과 미의 축제 마당이 되기를 바라는 그의 열망 때문이리라. 그래서 그는 21세기 논평 「약속의 철학」을 이 시집에 함께 싣지 않았겠는가.

마지막 유혹

첫번째 찍은 날 · 2001년 7월 20일

지은이 · 강월도

펴낸이 · 김소양
디자인 · 노지희
편집 · 이윤희
펴낸곳 · 도서출판 우리글
등록 · 서울 03-01074호
주소 · 서울시 강남구 대치 4동 916-49
평생번호 TEL · 050-2515-2515 / **FAX** · 050-2515-2516
TEL · 02-501-6908 / **FAX** · 02-501-6904
E-Mail · wrigle@korea.com   wrigle@hanmail.net

값 · 6,500원

ISBN 89-89376-02-5